길을 걷다 만난

도시의 나무

이야기

친밀한

초록

글 그림 수소

b.read

목차

흙을 시멘트와 아스팔트로 덮고 건물을 올린 도시에도 풀과 꽃과 나무가 살고 있다. 처음에는 도시에선 낯선 존재인 '초록'들이 신기하고 예뻤다. 다가가 보니 그들이 뿌리 내린 도시의 땅은 위태로웠다. "어떻게 거기서 살아?" 싶을 정도로 흙 한 줌 없이 아슬아슬 곳에 기대어 살고 있기도 했다. 그럼에도 대견하게 잘 살아가고 있는 모습이 격려와 위로가 되었다. 어느 계단 사이에 난 꽃을 보려고 길을 돌아가기도 하고, 보고 싶은 친구의 안부를 묻듯 건물과 건물 사이 구석구석 다니는 시간이 늘었다. 바쁜 세상에서 이 효율 떨어지는 일은 어떤 선택과 결정을 해야 할 때 힘이 되어주었다. 그렇게 세상에, 관계에, 나 자신에게 너그러워질 힘을 얻었다.

나는 사람 속에도 '흙'이 있다고 믿는다. 어린 시절 늦둥이 동생이 태어나 부모님이 나를 할아버지 댁으로 보냈다. 시골 생활은 심심하기 짝이 없어 비 오는 날만 기다렸다. 비가 오면 모두 집에 있었기 때문이다. 그런 날에는 마루 끝에 앉아 빗방울만 쳐다보고 있어도 든든하고 좋았다. 어느 날 아빠가 와서 토끼풀 팔찌를 만들어 내 손목에 묶어주고 무동을 태워 동네를 돌아주었다. 일곱 살 때 기억이다. 이후 심한 사춘기를 보냈고, 나는 아무것도 하고 싶지 않았다. 고3 늦여름, 아빠의 사과로 시멘트처럼 굳었던 마음이 흙처럼 풀렸다. 원망의 마음이 누그러지자 비로소 뭔가 해보고 싶은 의지가 생겼다.

시멘트 틈에서 자라고 있는 풀을 보면 그때 생각이 난다. 틈새의 풀을 볼 때면 인간에 대한 희망 같은 것을 생각한다. 저 굳은 땅 아래 흙이 있을 거라는 바람. 그리고 못마땅하거나 억울할 때, 갑갑하고 절망감이 들 때 도시의 척박한 환경 속에 사는 초록들은 나에게 그게 사는 거라고, 다 그런 거라고 말해 주는 것 같다.

내 곁에 있는 초록 같은 내 친구들이, 도시 곳곳 틈에서 자라는 풀을 보면서 나와 공감했던 순간이 있어 용기를 내 이 책을 시작했다.

노랑이 있었다

1년 내내 따뜻한 섬나라 사람들은 계절의 변화가 있다고 말했지만, 사계절이
또렷한 나라에서 살던 이방인에게는 내내 짙푸르고 무더운 여름이 계속됐다.
옷도 짐도 마음도 가벼웠던 동남아시아 섬나라에서 다시 서울로 돌아왔을 때
나는 내가 살던 도시의 노란색에 조금 놀랐다. 은행잎. 가을마다 보던 노란
은행잎이 마치 처음 보는 풍경처럼 새삼스러웠다. 삭막한 도시에서 본 노란색은
환호성을 지르는 것처럼 밝고 쾌활했다.

인도네시아에서는 꽃이 아니고는 노란 '풀'을 본 적이 없다. 그러고 보니 우리나라,
내가 살던 도시에는 은행나무가 참 많았다. 은행잎이 노래지고, 그 노란 빛깔이
짙어질수록 바람이 차가워지고 급기야 추위가 밀려온다. 그것은 너무도 당연하고
뻔한 일이라서 해를 거듭할수록 감흥이 옅어졌다.

식물로 계절의 변화를 알아차리기 어려웠던 따뜻한 나라에서 마침 가을 무렵
집으로 돌아온 덕분에 나는 그런대로 견딜 만했다. 노랑은 내게 시작이니까. 봄이
시작될 때 노란 생강꽃이 피는 것을 보며 웅크리고 있었던 겨울의 시간으로부터
조금씩 움직이며 조금은 들떠서 뭔가를 시작하려 했었다. 나는 그렇게 노란
은행잎을 보면서 나의 새로운 시작을 응원했다.

까만 아스팔트를 가득 뒤덮은 은행잎을 보면서 프랑스에서 작업했던 도시계획 프로젝트가 떠올랐다. 부모가 데리러 오지 못하는 아이들을 위한 설치 작업으로 〈오즈의 마법사〉에 등장하는 노란 길을 만든 것이다. 그 길은 아이들을 안전하게 집으로 인도했다. 그때의 노랑은 안전과 보호를 상징했다.

은행잎이 뒤덮은 도시는 낯선 여행을 떠나는 〈오즈의 마법사〉 속 노란 길처럼 나를 안내했다. 노란 손수건을 잔뜩 묶어 기다림과 잊지 않음을 보여줬던 것처럼, 노랑은 나를 맞이했고 격려했다. 추위가 오기 전에 은행나무가 선사하는 다정하고 안온한 노란빛. 그것만으로 스산하고 서먹했던 도시에 사는 것이 괜찮아졌다.

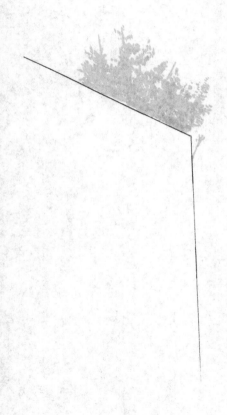

서울시 강남구 신사동, 2020년 11월

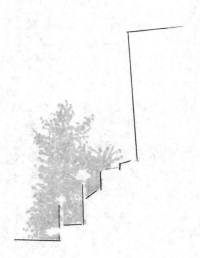

서울시 중구 서소문동, 2020년 11월

서울시 서대문구 홍은2동, 2020년 11월

서울시 종로구 삼청동, 2020년 10월

은행잎은 한가득 하늘을 채웠다가 계절이 바뀌는 비에 우수수 떨어진다. 가을에 바닥을 빈틈없이 채울
만큼 화사한 노랑빛은 다가올 추위를 잊게 한다.

봄과 여름

골목 입구에서부터 생나무 내음이 풍기면 어김없이 가지치기 작업을 하는 차가
보인다. 전지 작업을 하는 차가 등장하면 겨울의 절정은 이미 지난 것. 다행이다.
나는 땅바닥에 수북하게 쌓인 잘린 가지 중 봉오리가 맺힌 것을 주워 물꽂이를
한다. 물을 갈아주며 며칠을 보내면 어느 날 거짓말처럼 싹이 돋는다. 매화나무나
벚나무처럼 꽃이 먼저 피는 나무에서는 팝콘처럼 꽃망울이 터지기도 하는데, 우리
동네 주운 가지에서는 주로 잎이 먼저 돋았다.

화병에 꽂아둔 나뭇가지에 올라온 싱그러운 싹을 보면 봄이 광경으로 다가온다.
땅에 뿌리 내리지 않아도 빛과 바람으로 계절을 알아채고 싹을 틔우고, 그 조그만
연둣빛 존재는 내게도 생기 넘치는 에너지를 전한다. 새싹은 마치 수채화처럼
물을 가득 머금고 있으므로.

몇 해 동안 주운 가지에서 움튼 새싹을 구경하다가 신기한 것을 발견했다. 어느
해에 보니 잘린 가지에서 싹이 돋아날 때면 가로수도 같이 싹을 틔웠다. 떨어져
있어도 같은 속도로 자라기로 약속이나 한 듯이 말이다. 동시에 움이 트는 건
수종이 같아서일까, 같은 봄빛을 받아서일까. 그 모습이 떨어져 있는 친구, 연인,
가족이 기쁨과 슬픔을 함께 누리는 것처럼 느껴졌다.

나뭇가지에서 싹이 올라오는 모습을 보기란 쉽지 않다. 왜냐하면 가로수는 대체로 키가 우뚝해서 올려다보지 않으면, 애써 고개를 들어도 너무 높고 멀리 있어서 어렴풋이 연둣빛만 눈에 들어온다. 그래서 이렇게 주워 온 가지에서 봄을 보고 누린다.

그럼에도 봄날 내가 꼭 찾아보는 나무의 새순이 있다. 우리 동네 초등학교 담벼락에 줄지어 심은 은행나무에서 돋아난 새잎이다. 가을의 노란 은행잎을 10분의 1 내지는 20분의 1 크기로 축소한 아기 은행잎은 앙증맞고 귀여워 보고 있으면 마음이 몽글몽글해진다. 이것이 자라 그해 가을에 하늘을 가득 채울 것이라는 걸 알기에 뿌듯하고 대견하다.

봄을 알리는 또 한 가지 전령은 버려진 화분에도 있다. 지난해 자라던 풀씨가 어디에서 날아왔는지, 버려진 화분에서 이름 모를 풀들이 갖은 모양으로 봄을 풍성하게 한다.

겨울에서 봄으로 넘어가기까지는 지루하다. 봄인가 싶으면 다시 추워지고, 이제 진짜 봄인가 싶으면 눈이 내리기도 한다. 보온 속옷과 패딩 점퍼는 식목일에 넣으라는 말은 추위에 약한 나에게 매우 유용한 생활 속 팁이다. 그에 비하면 봄에서 여름은 기간이 비슷해도 훨씬 빠르게 간다. 세상의 많은 일이 새봄에 시작되어 그렇기도 하고, 자연의 변화가 지루할 틈 없이 시간을 채우기 때문이기도 하다.

도시의 빈터에 한가득 무리 지어 피는 꽃이 있다. 이 꽃은 교외로 나가도 그렇게 만발한 모습이 눈에 띈다. 개망초라고 했다. 그 이름을 몰랐을 때 내 마음대로 계란꽃이라고 이름 붙여 불렀다. 망초의 '망荒'은 한자로 우거진다는 뜻이란다. 나는 꽃 모양을 보고 이름을 지었는데 옛날 사람들은 무리 지어 핀 모습을 보고 이름 붙인 모양이다. 개망초가 피면 드디어 여름이다. 내가 여름을 반기는 이유는 가을 때문이다. 개망초를 시작으로 여름이 무르익고, 한창 더워지면 도시의 나무들도 녹음이 짙어져 제법 그늘을 만들어준다. 소리는 들리는데 매미는 찾을 수 없을 만큼 나무가 초록 잎으로 빽빽하게 채워지고, 가끔 귀한 바람이 불면 나뭇잎이 사그락거리며 흔들린다. 그 소리가 시원하다.

기온이 높아질수록 아스팔트는 달아오르고, 자동차는 점점 더 뜨거운 바람을 내뿜고, 에어컨 실외기도 더위에 한몫 더한다. 나무와 풀들은 실외기의 더운 바람에라도 기대 이파리 사이사이를 환기하는 것 같다. 그렇게 또 살아내는 것이겠지.

긴 장마가 끝나고 주홍빛 능소화가 까만 아스팔트에 가득 떨어지고 나면 제법 선선한 바람이 불기 시작한다. 이제 슬슬 은행잎도 노래질 것이고, 길가의 잡초마저 단풍처럼 색을 바꿀 것이다. 뜨거운 해를 받으며 몸집을 키워가던 열매도 익어갈 것이다. 어느 날 바람이 시원해지고, 문득 가을로 다가선다. 이제 살았다 싶다.

서울시 강남구 신사동, 2023년 3월

나무의 새순은 좀처럼 내 시선이 닿지 않는다. 점점이 보이는 연둣빛으로 봄이 왔음을 알아차린다.

서울시 강남구 신사동, 2020년 4월 / 서울시 용산구 한남동, 2021년 4월

도시에 봄이 왔는지 알아채려면 버려진 화분을 보면 된다. 아직 주인이 씨앗이나 모종을 심기 전, 또는 주인조차 없는 흙이 담긴 통에서 이름 모를 풀들이 자란다. 맨땅이 드문 도시에서는 좁은 공간이라도 흙이 드러난 곳에 풀이 틈을 비집고 자리를 잡는다.

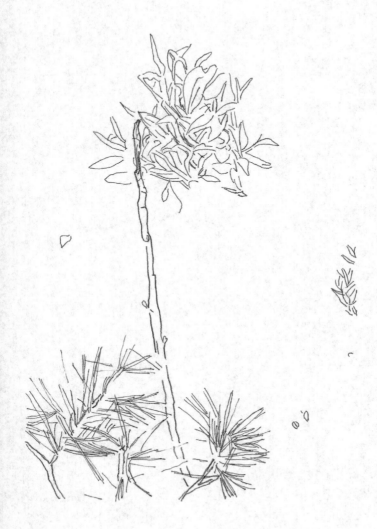

초록 구름

빌라 건물 모퉁이에 걸쳐진 초록을 본 것은 후덥지근한 여름밤이었다. 집 안 공기가 갑갑해 밖으로 나왔다가 가로등 아래 서서 열기가 식은 바람을 맞았다. 밤하늘에 별이 있을까 하고 무심히 고개를 들었는데, 건물 꼭대기를 감싼 반달 같은 초록이 보였다. 건물 꼭대기에서 삐죽 튀어나온 나무였다. 가로등 불빛이 은은해 건물 위 나무를 볼 수 있었다. 그때 윗집 누수로 짜증이 났던 때라 어디선가 옥상 정원이 간혹 누수의 원인이라는 소리를 듣고 못마땅하게 생각하고 있던 차였다. 그런데 그날 밤의 초록 구름은 그런 얘기를 잠시 잊게 했다. 겨울에는 없던 초록 구름. 봄이 되면 옥상에 심어놓은 나무의 가지들이 점점 잎으로 채워지면서 하늘로 떠오른다. 점점 부풀어 잎이 무성해지고, 여름이 되면 구름은 진초록이 된다. 건물이 높을수록 초록 구름은 높이 떠오른다. 땅바닥부터 힘차게 기어올라 건물을 덮고도 힘이 남아 전선을 따라 전봇대를 거쳐 끝없이 질주하는 담쟁이와 등나무 같은 식물도 머리 위에서 초록빛을 내지만 건물 옥상에 매달린 초록 구름과는 다른 풍경을 연출한다. 그것은 동글동글한 구름 모양이라서 보고 있으면 기분이 명랑하고 경쾌해진다. 이 구름은 아이나 키가 작은 사람이 바라볼 때 더 높이 떠오른다.

땅에 뿌리를 박고 서야 하는 나무를 시멘트 위에 흙을 쌓아 심었다. 인간의
의지에서 시작된 행위로 옥상 정원이 생겨났다. 건물에서 식물을 즐기고자
시작한 것이지만, 건물주가 돌보고 가꾸는 나무들 덕분에 거리를 오가는
사람들에게도 정원이 생겼다. 이처럼 사유 정원이 공유 정원이 되기도 한다.
옥상의 나무들은 어김없이 경계를 넘어 사각 프레임 밖으로 흐드러진다. 먼 산의
푸르름은 아닐지라도 구석구석 초록이 있는 풍경은 도시에 사는 사람의 공허함을
위로하기에 충분하다.

나는 숲에 가면 커다란 브로콜리 속에 들어가 있는 것 같다는 상상을 하는데,
초록 구름을 발견한 이후 손질한 브로콜리 송이들이 도시 곳곳에 퍼져 있다고
생각하게 되었다. 삭막한 도시에서 흩어진 브로콜리 송이를 찾는 재미를 알게
되었다. 그리고 고개를 들지 않아도 보이는 초록 구름도 있다. 지하철역에서
계단을 오를 때, 지하에서 1층 출입구로 올라가는 구조의 건물(국립현대미술관
서울이 그렇다!)에도 종종 초록 구름이 떠오른다.

서울시 강남구 신사동, 2021년 4월

서울시 강남구 신사동, 2021년 5월

집 앞 빌라 사이에 서서 무심히 하늘을 보다가 처음으로 발견한 초록 구름. 도시이기에 누릴 수 있는 풍경, 사각 건물 위에서 자라는 푸르른 구름.

서울시 강남구 신사동, 2020년 8월

가두어진 듯 멀찍이 떠 있는 초록 구름.

제주도 제주시 이도1동, 2023년 1월

낯선 도시에서 두리번거리며 헤매다가 횡단보도에 멈춰 발견한 건물 위의 나무. 잠시나마 여행객에게
안도감을 주었다.

서울시 용산구 한남동, 2021년 4월

가파르고 험한 계단. 나무를 발견하고 계단을 기꺼이 성큼성큼 올라가는 나를 보았다. 계단을 오르는 버거움을 잊게 해준 계단 위 초록 구름.

물 흐르듯이

꽃집이나 화단 근처에는 탈출한 꽃들이 있다. 가로등에 매달아둔 풍성한 나팔꽃 화분 밑 보도블록 틈에도 피어 있다. 하수구 옆처럼 엉뚱한 장소나 차 다니는 골목에 덜렁 혼자 피어 있으면 어김없이 근처 꽃집이나 화단에도 같은 꽃이 있다. 어떤 이들은 돈을 주고 꽃을 얻고, 또 어떤 사람들은 길을 지나다 눈길을 주고 꽃을 얻는다. 왠지 공평하다는 생각이 들었다.

꽃씨는 흘러간다. 꽤 멀리 간다. 몇 년 동안 다닌 카페 앞에 마리골드를 심어놓은 사각 화분이 있었다. 어느 해 여름 화분 바로 밑에 주황빛 마리골드 한 송이가 피었다. 그리고 다음 해에는 카페로 올라가는 오르막에 띄엄띄엄 마리골드가 눈에 띄었다. 가만히 살펴보니 화분에서 흘러나와 물길을 따라 간 것이다. 우리가 인지하지 못한 사이, 보이지 않는 물길로 옮겨진 씨앗들이 적당한 위치에 자리 잡는다. 다음 해에는 더 아래쪽에서도 꽃이 피었다. 씨앗은 높은 곳에서 낮은 곳으로, 물 흐르는 대로 기꺼이 이동했다. 사람들은 굳이 더 높이 오르려고 애쓰는데 말이다. 해마다 점을 이루며 아래쪽에서 피어나는 꽃들이 "이거 봐. 할 수 있다니까. 물 흐르듯이 살면 해결돼"라고 알려주는 것 같았다.

꽃에 준 물이나 비가 와서 생긴 물길을 따라 떠내려간 씨앗. 씨앗은 이렇게 물의 흐름을 따라 터를 잡고 산다. 익숙한 환경을 벗어난다는 것은 여러모로 어려운 일이다. 나는 무엇을 얻을 수 있는지, 무엇을 잃을 것인지 수없이 저울질하다가 제자리에 있는 길을 택하곤 했다.

주어진 공간을 이탈한 꽃씨는 벗어나지 못한 틀이나 해결하지 못한 문제에 얽매여 주저하는 나에게 메시지를 주었고, 용기 없는 나를 격려하는 것 같았다.

울타리를 떠난 작은 씨앗조차 새 보금자리에서 뿌리내리고 산다. 그리고 빗물, 햇살, 바람을 맞으며 자란다. 아니 비를 맞고, 햇살을 쬐고, 어디선가 불어오는 바람에 몸 흔들리며 살아낸다. 스스로 살아갈 힘을 지니고 있는 것이다. 그들처럼 나도 틀을 벗어나면 보이지 않는 그 무엇이 나를 지켜주고, 나도 어떤 환경에서도 주변과 어우러져 살게 되리라 믿어본다.

국립현대미술관 앞에서도 '집을 나온' 마리골드를 보았다. 처음에는 꽃이 떨어진 줄 알았는데, 다가가
봤더니 거기에 자리 잡고 자라고 있었다.

눈이 내려 앉아 보이는 것

도시의 직선은 어지럽고 사납다. 풀이 녹아버린 듯 사라지는 가을을 지나 나무도 앙상하게 가지만 남는 겨울이 오면 도시는 더 냉랭하다. 그러다 눈이 오면 풍경이 한결 부드러워진다. 그래서 눈이 내리면 겨울이 그리 차갑지만은 않다. 땅과 나무를 살며시 덮는 눈이 마음에도 이불이 되는지 차디찬 눈은 되레 아늑하고 따뜻한 느낌을 전한다.

눈이 많이 오면 풍년이라지만, 그런 이야기는 도시에 사는 나에게는 그저 지나가는 말이다. 도시와 농촌, 아니 모든 세상은 연결되어 있음을 안다. 그래서, 또 그렇지 않더라도 농사가 잘되기를 바라지만 눈이 오면 그런 바람을 떠올릴 여유도 없이 거추장스럽다는 생각이 먼저 든다. 길이 미끄럽거나 질퍽거리고 차도 막혀서 잘 굴러가던 것들이 지지부진해진다.

'눈 오는 날을 휴무일로 정하면 눈이 더 좋아질 거야'라는 공상을 하다가 '어쩌면 나는 이렇게 실없는 생각을 할까' 하며 멈췄다. 그래도 '미끄러운 도시의 겨울날 갇혀 있으면 참 좋은데'라는 생각을 떨쳐낼 수가 없었다.

눈이 오면 자발적으로 집에 갇히려고 했던 나는 눈이 내려앉은 풀과 나무를 보면서 겨울의 재미를 찾았다. 눈이 살살 내려앉으면 잎 모양이 고스란히 드러난다. 그다지 눈여겨보지 않았던, 시야에 들어오지 않았던 별 볼 일 없던 잎들이 불현듯 존재감을 드러낼 때 반갑고, 낯설고, 신기하다.

눈이 내려 드러난 풀과 나무의 모양을 보면서 내 곁의 존재들을 생각했다. 친구나 가족이 아니더라도 이웃, 김밥집 할머니, 카페 바리스타, 그리고 지하철에서 우연히 내 옆에 선 사람. 이들도 저마다 모양과 특성이 있다. 나, 우리의 시야에 들어오지 않아 관심이 없었고 인지하지 못했을 뿐.

따뜻한 집을 벗어나기 싫어 뭉그적거렸던 겨울에 눈이 내리면 녹기 전에 걸어보려고 서둘러 외출한다. 겨울에 눈 오는 날은 그렇지 않은 날보다 대체로 따뜻하다. 어린 시절 할머니가 "눈 오는 날은 거지가 빨래하는 날"이라고 했던 말을 기억한다. 그때는 거지라는 말에 웃음만 났는데, 그게 날이 푹하다는 뜻이었음을 눈길을 걸으며 깨닫는다.

눈도 종류에 따라 밀가루처럼 폴폴 날리기도, 솜처럼 포근하게 쌓이기도 한다. 눈이 내리면 유난히 작은 식물의 잎들이 고스란히 드러난다. 그림을 그릴 때 색을 칠해 올려서 도드라지게 표현하듯이 눈은 그렇게 잎 모양을 내게 보여준다. 작업실 근처 어느 집 화분에 길고 가는 사초^{##}가 있었다는 것도 눈이 내린 날 알았다. 시든 풀에 눈이 내려앉고서야 화분의 존재와 잎새의 생김새를 알아차렸다. 그 모습을 보면서 눈의 향취를 시각화한다면 저런 모습일 것이라 생각했다. 골목길을 돌아 집으로 오면서 땅바닥에 동그랗게 남은 눈 자국을 발견한 적도 있다. 자동차들이 내달린 아스팔트의 열기 때문인지 도로에 내린 눈은 금세 녹는다. 그런데 한쪽에 둥글게 남은 눈이 있었다. 나뭇잎에 내린 눈도 녹지 않고 남아 있었다.

나는 작업할 때 흰색을 즐겨 쓴다. 흰색이 어떤 색보다 사람들에게 여유를 준다고 생각하기 때문이다. 바닥에 떨어진 나무 잎사귀만 한 하얀 눈은 삶의 여백이 되어주었다. 눈썰매를 타거나 눈사람을 만들기엔 어색한 나이가 된 나는 그렇게 겨울에만 즐길 수 있는 놀이를 찾았다.

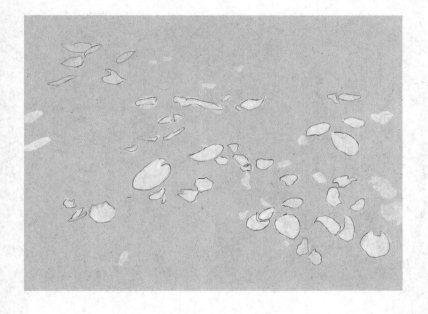

흐드러진 마른 잎은 아무런 힘도 없어 보였다. 볼륨감이 하나도 없어 종잇장 같았던 시든 풀에 눈이
내려앉으니 세세한 줄기가 고스란히 드러났다.

서울시 강남구 신사동, 2021년 1월

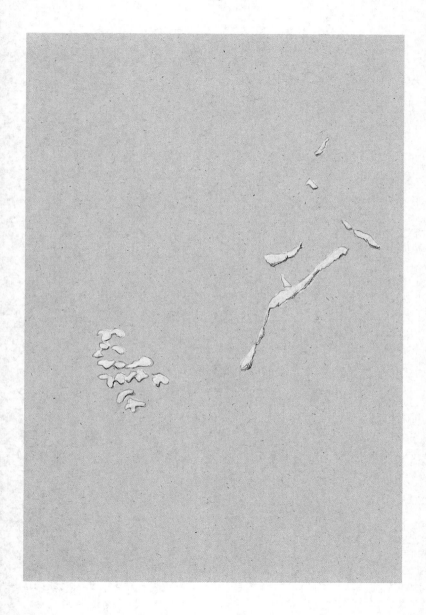

서울시 강남구 신사동, 2018년 11월

까만 아스팔트에 하얀 잎이 떨어져 있어 들여다보니 부서질 것같이 얇고 마른 잎이 온전히 눈을
간직하고 있었다. 요란하게 부츠를 신고, 스노체인을 감고 길을 나서는 우리와 달리 그대로, 고스란히,
고요히.

마음으로 지키고 눈으로 키우는

도시에 꽃이 있다. 화단에 꽃이 피고, 꽃집에도 꽃이 한가득이다. 화단의 꽃은 살수 없는 꽃, 팔지 않는 꽃이다. 주인 없는 꽃은 돈을 지불하는 것이 아니라 마음을 챙겨야 볼 수 있다. 길가의 꽃은 주인이 없으니 내 것이나 마찬가지라고 생각했던 적이 있다. 그래서 꽃이 활짝 필 때면 몇 송이 꺾어 맑은 유리 화병에 꽂아 창가에 두고 계절의 정취를 즐겼다. 그것이 마치 아름다움을 발견한 나의 몫인 것처럼.

도시가 삭막해질수록, 한 해 한 해 나이를 먹을수록 꽃이 더 눈에 들어왔다.
한꺼번에 몰아 피는 봄의 절정이나 잡초의 꽃들도 무성해지는 여름이 오면
내 욕심과 충동도 부풀었다. 주인 없는 꽃을 꺾는다고 누구도 뭐라 하지 않으니
내 마음을 내가 다잡아야 한다. 가던 길을 멈추고, 꽃을 바라보았다. 꽃을 보려고
시간을 썼다.

한 줄기 삐죽 올라온 나리꽃이나 목이 긴 외래종 민들레, 꿀맛 '사루비아'로
기억하는 샐비어, 찬란한 은방울꽃, 굳이 꾸미는 말을 붙일 필요가 없는 목단이나
작약의 고고하고 근사한 무리. 그 꽃들이 봉오리 머금을 때, 활짝 폈을 때, 빗물에
쓸려 검고 단단한 아스팔트 위에 우수수 흩날려 땅바닥에서 다시 또렷하게 꽃
피울 때. 나는 꽃의 계절이 오면 철없는 행동을 하지 않고 묵묵히 보는 연습을
했다. 거리의 꽃을 지키는 방법은 마음을 다하는 것. 오늘 보고, 내일 지나가며
보고, 다음 날 와서 또 보며 마음으로 지키고 눈으로 키운 꽃은 나의 사적인
공간에서 누리는 것보다 여운이 길고 깊었다.

꽃을 피우는 것이 쉽지 않다는 것을, 꽃은 잎보다 드물고 또 쉽게 지며, 도시의
꽃은 들녘의 그것처럼 흔하지 않다는 것을 깨닫고 감나무에 까치밥 남겨두듯이
그렇게 주인 없는 꽃을 남겨두는 법을 알아갔다. 그렇게 꽃의 색들이 내 눈과
마음에 남았다.

서울시 용산구 한남동, 2020년 11월

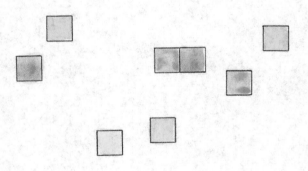

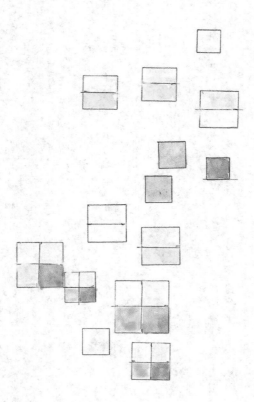

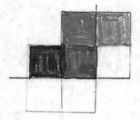

서울시 강남구 신사동, 2020년 7월

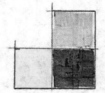

길가에 핀 제비꽃은 고개를 한참 숙이거나 무릎을 꿇어 쭈그려 앉아야 제대로 보인다. 나는 제비꽃이 엄마의 학창 시절 같다. 엄마도 저렇게 여리고 곱던 시절이 있었을 것 같은, 내가 태어나면서부터 늘 엄마였던 그녀의 10대 시절을 상상하게 하는 제비꽃이 아스팔트 틈을 비집고 곱게 피었다.

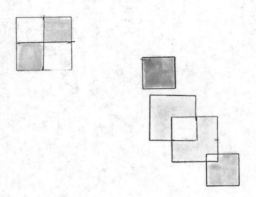

숲에서도 고개를 숙이고 낮은 곳에 피는 은방울꽃. 방울꽃에 비해 꽃이 작아 사람들 눈에 쉽게 띄지 않는다. 5월 어느 날 우리 동네에서 은방울꽃을 발견했다. 내 어깨 높이의 화단에 은방울꽃이 조롱조롱 피어 있었다. 방울꽃의 꽃말은 '틀림없이 행복해진다'!

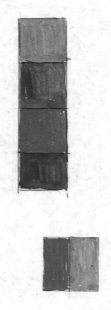

그 집 그 나무

나무가 깃든 상점들이 있다. 나무가 간판을 가로지른 모습은 흔한 풍경이고, 어떤 주인은 나뭇가지 하나하나를 잘 살펴 수형樹形을 잡아주기도 한다. 나는 물건 살 일이 없어도 근처에 가면 '나무 가게' 앞을 거쳐 온다.

우리 동네 어느 식당 간판을 빙 둘러 핀 능소화는 여름이 끝날 무렵 흐드러졌다가 어느 날 손으로 쓸어 담고 싶을 정도로 우수수 떨어져 버린다. 떨어진 주홍빛 꽃이 환호하듯 찬란하다. 그럴 때면 나는 가게 주인에게 꽃이 좋다는 말을 건네곤 한다. 그 식물을 곁에 두는 그들의 따뜻한 마음을 알은체해 주고 넌지시 응원하고 싶어서다.

나무가 사계절 아름답기만 한 것은 아니다. 지저분하게 뻗기도 하고, 벌레가 무성한 계절도 있다. 메마른 줄기가 드러나는 겨울이 오면 을씨년스럽기까지 하다. 능소화도 꽃이 지고 드러나는 덩굴이 꽤나 억세다. 정원을 가진 이들이 마음에 드는 나무를 골라 심어 가꾸는 것이나 화분을 사다 진열하듯 키우는 것과는 다른 마음 씀씀이다. 꽃과 잎이 시들어 볼썽사나워진 화분은 치우면 그만이지만, 같이 사는 나무들을 그렇게 할 수는 없다.

나는 그 가게의 주인들이 나무를 데리고 사는 것이라 생각한다. 어느 흙에서
뿌리 내린 것의 가치를 알고 지키는 사람들. 흉물스러워지는 시기를 견디는
마음. 겨울이 되어 헐벗으면 그 사람들의 마음이 또렷이 보인다. 꽃과 잎이 모두
사라지고 나면 가지를 이리저리 묶어 모양을 잡아가며 건사한 흔적이 드러난다.
그저 자유롭게 자라도록 둔 가게도 있다. 그냥 두는 것도 너그러운 마음일
것이다. 나는 그들의 따뜻한 마음을 짐작해 본다. 가게는 말쑥하게 손님을 맞아야
하는 법이니 나무쯤 베어버린다고 누가 뭐라 할 것인가. 주인이 바뀌어 새로
시작할 때는 더 쉽게 할 일이건만 그 가게의 나무들은 꽤 오래 묵은 모습이다.
그렇게 두는 그들의 마음이 좋다.

나무처럼 오래된 풀도 있다. 서촌에 다닌 지 10년 넘은 카페가 있다. 입구에
시멘트로 만든 디딤돌이 있고, 출입구 옆으로 입간판을 세워두었다. 처음에는
그 풀을 보지 못했고, 몇 해 지나 훌쩍 자란 잡초가 있어 신기했다. 그런데 올해
5월 그 잡초가 더욱 우뚝하게 입구를 지키듯 서 있었다. 풀이 난 위치가 좀 어색해
사진첩에서 지난 사진을 찾아봤다. 2년 전 비슷한 시기에 그 풀을 찍은 사진이
있는데, 내 기억처럼 위치가 달라졌다. 본래 시멘트 디딤돌 아래 있던 풀은 해를
거듭할수록 디딤돌 안쪽으로 자리를 옮겼다. 수많은 사람이 오가며 생긴 균열을
틈 타 풀이 조금씩 출입구 쪽으로 전진한 것이다! 내가 이 카페 단골이 되어
주인과 얼굴을 익히고 이야기를 주고받으면서 친해졌듯이 풀도 가게와 친해지고
있었다. 몇 년 후면 간판 앞에 서 있을 것만 같다. 다음에 가면 이 풀 이야기를
알려줘야겠다.

신사동 가로수길에 있던 '알래스카' 빵집. 지금은 빵 가게도, 나무도 없어졌다.

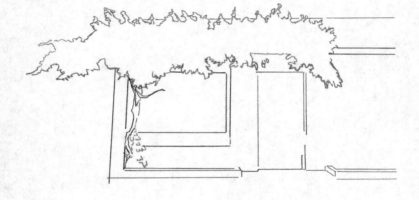

서촌의 '라마홈'. 오래 쓴 듯 편안한 물건과 옷을 파는 가게 지붕의 포도나무는 주인처럼 다정하다.

서울시 용산구 한남동, 2020년 8월

'송강제면소'를 열고, 어느 날 나무가 자라기 시작했다고 한다. 주인은 행여 이곳을 떠나면 나무를 데려갈 수 없으니, 이 나무를 간직하려고 가지를 꺾꽂이해 키우고 있다고 했다. 자연이 준 우연한 선물의 가치를 아는 모습이 감동적이었다.

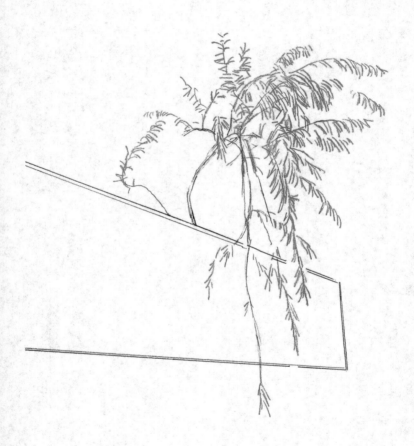

바람에 날아온 씨가 고인 물을 먹고 자랐으리라. 같은 업종이 몰려 있는 거리에서 간판이 도드라져야 할 텐데 가지가 드리워 가린 것을 그냥 두는 이유는 주인장이 둔감해서는 아닐 것이다.

서울시 강남구 신사동. 2020년 10월

그들은 아파트를 지키고 나무들은 그들의 더위를 식혀준다.

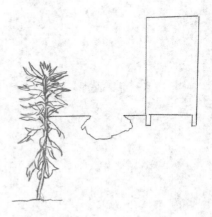

4월엔 못 보고 지나칠 만큼 납작한 풀이었는데, 5월 중순에 들렀더니 묘목처럼 곧게 서 있었다. 풀이 나무
같다. 입간판까지 단정히 세워둔 가게 입구, 발길에 차일 법한 위치에 자리한 잡초를 그대로 둔 마음은
게으름이 아닐 것이다. 풀과 간판이 어우러진 모습이 단아한 한 점 그림 같다. 서촌의 카페 '노멀사이클코페'

곁을 내어주다

분주한 횡단보도 앞에 서서 초록불을 기다리는데 쇠기둥 곁에 난 곱고 여린 풀이 눈에 들어왔다. 나무 옆에만 풀이 자라는 것이 아니었다. 가로수, 전봇대, 신호등 기둥, 경계석 등 도시에는 유난히 서 있는 것이 많은데, 그 언저리에 속속 식물이 둥지를 튼다.

나는 막대기처럼 긴 것이 서 있으면 그것의 세로선과 지면의 가로선이 만난 모습이 어쩐지 불안하고 위태롭게 느껴진다. 내심 막대기의 밑동이 땅과 만나는 면이 부채꼴처럼 퍼졌으면 좋겠는데, 대부분 고스란히 기둥과 같은 폭과 지름으로 내려온다. 당연하다. 굳이 그럴 필요가 없으니까. 그것들은 대부분 땅에 굳게 박혀 있는 것이 분명한데도 내 눈에 영 불안해 지탱하는 힘이 의심스럽기까지 하다. 그런 나의 불안감을 누그러뜨리는 것이 바로 풀이다. 그래서 보잘것없는 풀과 잡초가 반갑다.

자동차가 달리며 일으키는 바람을 맞으며 자라는 도시의 풀들이 기둥 곁에 옹기종기 모인 것을 보면 사람들이 우르르 몰려들어 반기는 것 같기도 하고, 이야기를 들으려고 옹기종기 모인 것도 같다. 선생님 주위에 올망졸망 모여 있는 어린이집 아이들도 떠오른다. 어떤 것은 무리 짓지 않고 문틈으로 흐르는 빛줄기처럼 홀로 삐죽 올라와 꽃을 피우기도 하고, 복슬복슬한 동물 털 목도리를 두른 듯 포근히 감싸기도 한다. 한 사람이든 여럿이든 만나서 소식을 나누듯, 좋은 일로 파티를 벌이듯 보기 좋고 흐뭇하다.

그런데 이런 광경을 반복적으로 목격하다 보니 풀이 모여든 것이 아니라 삭막한 기둥이 풀에 곁을 내어준 것이 아닌가도 싶다. 지탱하느라 버티고 있으면서도 곁을 내어주는 것. 기둥은 어쩐지 외롭고 고집 센 사람처럼 느껴지는데, 그런 이들도 속내는 여려 쑥스럽게 곁을 내어주듯이 말이다.

나무도 밑동 쪽을 보면 역시 홀로 버티는 것처럼 보인다. 위쪽 가지들은 바람도 닿고, 잎도 찬란하고, 하늘도 해도 보지만 아래에서는 그것을 누리지 못한다. 그저 묵묵히 서 있다. 마치 종일 땅을 딛고 서고 걷고 달리는 두 발 같다. 그래서 나는 큰 나무를 비롯한 이런저런 무생물 기둥조차 안쓰럽고 고독해 보인다. 누가 곁을 내어줬는지, 채워줬는지 알 수 없지만 서늘한 목에 목도리를 감싸듯 경계의 스산함을 막아주는, 곁을 채워주는 다정함이 푸근하고 이리저리 더불어 사는 느낌이다.

2년여 전 독일의 산림 전문가가 쓴 〈나무수업〉이라는 책을 읽었다. 나무는 사회적 존재이고, 가진 것을 나누며, 저마다 성격이 있다고 한다. 그러니 비슷한 나무들도 곁을 내어주는 정도가 다 다를 수 있다. 기둥과 나무의 곁을 보며 나를 돌아본다.

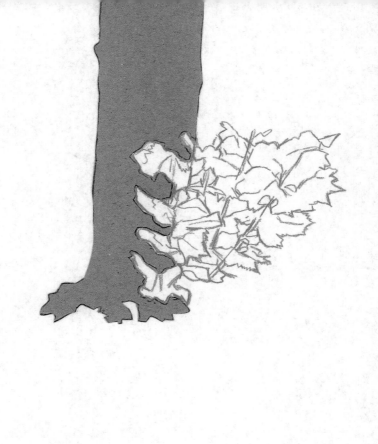

서울시 마포구 대흥동, 2020년 10월

서울시 강남구 신사동, 2021년 3월

우리 동네 버스 정류장 근처에 오래된 나무가 있다. 자동차가 내는 세찬 바람에 흙이 날려 밑동과
뿌리가 드러났고, 거기 민들레가 피었다. 그 모습이 나들이 나온 할아버지와 손녀 같았다. 민들레는
철없는 아이, 거친 나무는 할아버지. 그 둘의 다정함.

나의 보호수

17년 전 이 나무를 만났다. 내가 살던 빌라의 계단을 내려와 현관을 나오면 정면에 나무가 여봐란듯이 서 있었다. 눈앞에 있어서 시야에 불쑥 들어왔지만, 나무를 눈여겨보기까지는 시간이 걸렸다. 당시 나는 한쪽에 자리를 잡고 뿌리 내리는 나무와 달리 분주히 살았고, 울창한 숲으로 가는 것만 의미 있다고 생각했다. 대자연 속에서의 삶을 꿈꾸며 숨 가쁘게 살았던 시절의 나는 좁은 땅을 비집고 살아내는 나무를 그다지 기특하게 여기지 못했다.

이 나무를 살피게 된 것은 다시 이 동네로 이사 왔을 때였다. 그때는 그 집에 살지 않았는데도 골목길을 지날 때 나무가 눈에 들어왔다. 그곳에 늘 있었는데 5년이 지나서야 비로소 본 것이다. 건물 앞으로 20센티미터가 채 안 되는 폭의 화단에 있는 유일한 식물. 화단의 좁은 폭 때문인지 여느 나무처럼 기둥이 둥글지 않고 비현실적으로 납작했다. 납작한 몸통은 특별하다기보다, 애처롭다기보다 기이하다는 느낌이 컸다.

오며 가며 나무를 만났다. 납작한 기둥에서 뻗은 가지들이 계절을 보내는 모습이 신기했다. 해를 거듭하면서 가지가 건물 옆으로 둘러가며 자랐고, 가지들이 기꺼이 건물을 감싸 안았다. 해를 보기 위해서인지 틈이 없어서인지 수종의 특성 때문인지 이유는 모르지만 큰 건물을 감싼 모습이 마치 다 큰 자식을 감싸는 엄마의 손길 같았다. 좁은 땅을 곧추 딛고 있는 밑동과 기이하게 납작한 기둥은 가지의 너른 품을 위해 견디고 있는 것 같기도 하고, 가지가 하는 일에는 아랑곳하지 않는다는 생각이 들기도 했다. 견디거나 상관하지 않거나, 그 모든 상황이 엄마 같았다.

앞에 살던 때는 쳐다보지도 않았던 나무는 언제부터인가 내 휴대폰 사진 폴더에 촘촘히 남았다. 그 사진에는 나의 지난 시간도 담겨 있었다. 어느 날은 우두커니 서서 마른 가지들을 보았고, 어느 여름에는 무성하게 자란 잎을 보며 기분이 좋아졌다. 낙엽 지는 어느 밤에는 한적하고 어두운 틈을 타서 쭈그리고 앉았던 적도 있다. 사진을 넘기며 당시의 내 마음과 생각과 느낌들을 기억해 본다.

우리 동네 사람들은 이 나무를 알고 있다. 이 나무를 좋아하는 사람도 꽤 많다. 나무 사진을 뽑으러 문방구에 갔던 날도 아주머니가 내 사진을 보고 알은체를 했다.

"어머, 이 나무 알아요! 저도 몇 번이나 찍었는데."

친구들과 이 골목을 걸을 때면 동네 친구를 소개하듯 나무를 알려준다. 꽃이나 풀 얘기는 노인의 관심사 같아서 굳이 말하지 않는 편이다. 그런 내가 유독 이 나무를 사람들에게 알린 이유는 모두 내 예상대로 공감해 주기 때문이다. 믿을 만한 친구를 소개하는 기분이랄까?

"어머, 나무가 어떻게 이렇게 자라지?"

그들도 '나의 보호수'를 보고 위안과 용기를 얻기를 바라면서.

서울시 강남구 신사동, 2021년 2월

내 마음이 한순간에 명확해지지 않아 초조하고 조급하던 어느 날, 봄이라고 하기에는 며칠이나
계속되던 추위 속에서 싹을 틔운 나무를 보았다. 초록은 시작되었고, 그렇게 아닌 것 같은 날씨에도
새로운 계절은 도착했다.

서울시 강남구 신사동, 2020년 12월

나무가 그리는 그림

무엇을 물끄러미 바라볼 수 있었다면 그 시간은 여유로운 때였을 것이다. 프랑스 유학 시절, 사람들은 오후 3시가 되면 단것을 먹으러 카페에 가기 위해 일어섰다. 구테goûter 시간. 구테의 뜻은 '맛을 음미하다', '간식을 먹다'라는 뜻으로 다음 챕터로 넘어가기 위해 기운을 내는 시간, 하루를 릴랙스하는 시간을 말한다. 나른한 오후에 즐기는 맛있는 음식과 여유로운 시간이 달콤하겠지만, 나는 한편으로 그들의 느긋한 일상이 낯설기도 했다. 나는 구테 시간이 끝날 무렵을 더 좋아했던 것 같다. 4~5시쯤 해가 높이를 낮추면 그림자가 생긴다. 나무도 그림자를 만든다. 그림자는 보도블록, 시멘트 벽, 벽돌 벽, 아스팔트 등에 닿아 그림이 되는데, 도시가 지닌 질감에 배어든 그림이 좋아 눈길을 멈췄다. 그림자는 오래가지 않는다. 해가 지면 사라진다. 나는 그것을 그림자가 밤의 색으로 진해지다가 나무와 합쳐지는 것이라고 생각했다. 우리가 밤이 되어서야 온전히 자신에게 집중하듯이 나무도 그렇게 말이다.

은행나무도, 단풍나무도, 소나무도 그림자는 모두 색이 같다. 사람이 각기 다르고 저마다 사연이 있어도 사는 것은 거기서 거기듯, 나는 동양화 같은 나무의 그림자를 그렇게 해석했다.

한 가지 톤으로 그린 그림은 형태에 집중하게 한다. 그렇게 그림자가 드리울 때 수형을 온전히 보게 된다. 계절에 상관없이 하루의 어느 때가 되면 그림자를 드리우지만, 겨울에는 앙상한 나뭇가지로 더욱 또렷한 그림을 그려낸다. 나무는 여름에는 더위를 한풀 식힌 무성한 그늘로, 가을에는 바스락거리는 소리로, 겨울에는 그림자가 그린 그림으로 자신에 대해 말하는 것 같다. 골격이 드러난 나무의 그림자를 보는 것은 마치 속을 들여다보는 것 같다.

겨울 나무를 그림자로 보면 앙상함이 마냥 쓸쓸하지만은 않다. 그림자의 선들이 아름답다. 도시의 차가운 벽에 그린 곡선의 드로잉으로 나무가 도드라진다. 겨울 나무의 그림자를 보면서 다른 계절에도 식물의 그림자를 즐기는 법을 알았다. 말라가는 잎조차, 흔하디흔한 개망초조차, 보도블록 틈에 자리 잡은 잡초조차도 그림자는 그림 같다.

한낮에서 저녁으로 향하는, 해가 기울어지는 시간의 모노톤 그림자는 색깔도 형태도 한없이 자연스러웠다. 표현이라는 주제는 내게 두려움이다. 캔버스의 질감, 재료에 대한 고민, 설명할 수 없는 색들로 혼란을 겪는다. 그런데 저렇게, 쉽게, 완벽하게 그림을 완성하다니. 자연이란 참 경이롭다.

자연自然. 스스로 자, 그러할 연. 삶의 어느 시절부터 나는 내가 억지를 부리지 않고 살기를 바랐다. 마치 자연이 하듯 조금의 억지도 없이 긴장을 풀고, 힘을 빼고 그렇게 흐르는 대로 생활도, 일도 하고 싶었다.

서울시 종로구 화동, 2022년 2월

중학교 때 학교에 가기 싫으면 종종 도서관에 가서 앉아 있었다. 그 고요함이 좋았다. 도서관 문 앞에
나무 그림자가 드리우는 시간에 도착한 날은 나에게 별 일이 없는 날이다. 해야 할 일도 없고 나의 일도,
가족의 일도 급할 것 없는 날. 그래서 아무 목적 없이 그런 곳에 갈 수 있는 '그냥 도서관에 간 날'이었다.

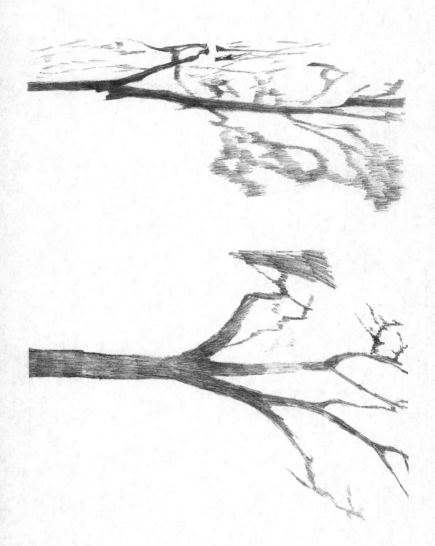

서울시 강남구 신사동, 2023년 2월 / 서울시 강남구 신사동, 2021년 3월

275

서울시 종로구 와룡동, 2019년 5월

서울시 서대문구 연희동, 2023년 5월

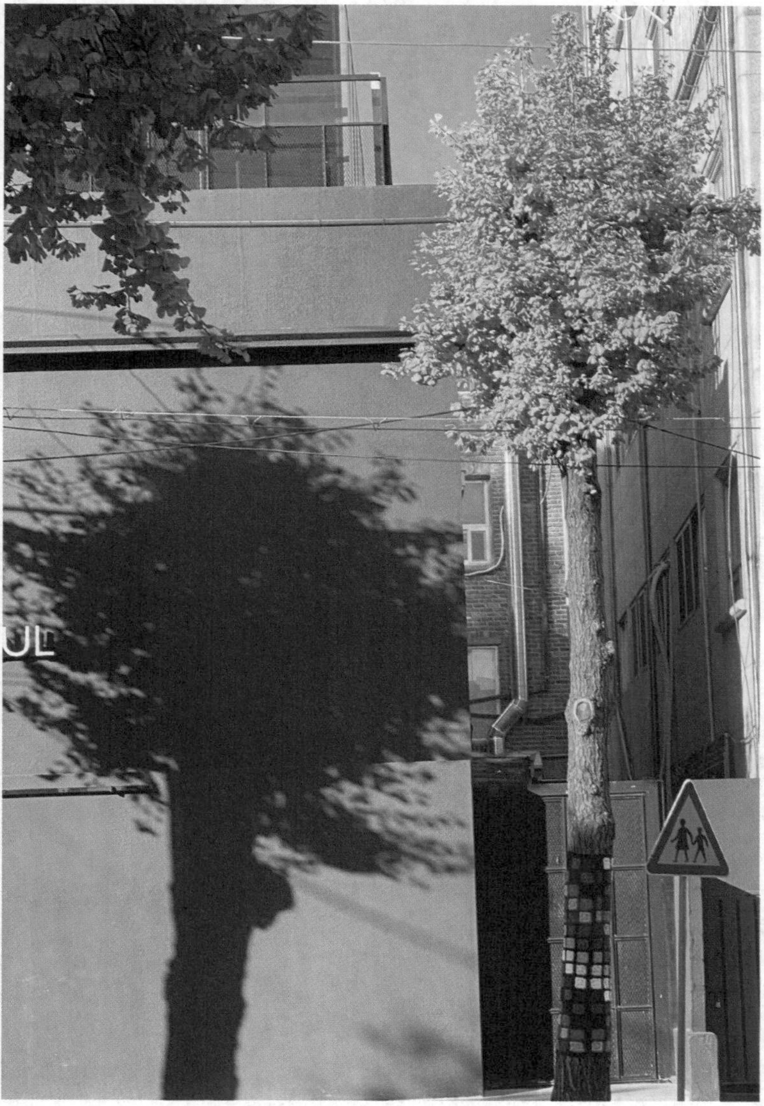

서울시 강남구 신사동, 2020년 11월

경북 경주시 구황동 786-1 황룡사지, 2023년 5월

하늘을 향해

아랑곳하지 않고 간다. 누가 시키지 않아도, 어디까지 가야 할지도 모르지만 그렇게 계속 간다. 담쟁이는 승리한 전사처럼 두려움 없이 나아간다. 언제 저기까지 갔을까 싶은 정도로 이파리를 바라보고 있는 순간에도 스멀스멀 0.1밀리미터씩 움직이는 것만 같다. 멈추지 않고, 끝없이, 하늘을 향해. 전깃줄 끝자락, 건물 마지막 층에 도달해도 잭과 콩나무처럼 끝없이 올라갈 기세다. 나는 언제부터인가 하고 싶은 일보다 해야 할 일을 했던 것 같다. 그리고 무엇을 하기 전에, 확신이 들 때조차도 생각이 많아졌다. 신중하다기보다 주저하고 망설였던 것 같다. 내가 나무라면 마치 다시 땅속으로 고개를 파묻고 있거나 몸통에서 가지 하나 뻗지 못한 모습일 것이다.

도시는 나를 수시로 제한하고 정지시켰다. 집 앞 편의점에 가려고 잠깐 걸을 때조차도 차가 와서 멈추고, 사람과 부딪칠까 주저한다. 도시의 삶은 머뭇거리고 멈추지 않으면 잘 흘러가지 않는다. 많은 사람이 모여 사는 도시는 서로 주저해야 매끄럽게 굴러가고, 멈추지 않고 내키는 대로 하면 주변과 삐거덕거린다. 사람과 사람 사이, 사람과 물건 사이의 간격이 촘촘하고 얽혀 있어서 그런 것일 테다. 사람들은 더 잘살고 적극적으로 세상과 만나기 위해 도시로 몰려드는데, 정작 의지와 열정은 사그라진다. 아이러니한 일이다. 도시에 살다 보면 우리는 자신도 모르게 움츠러드는 게 몸에 밴다.

담쟁이는 앞뒤 보지 않고 정신없이 직진하는 어린아이, 열정 넘치는 청년 같다. 생명력과 의지가 대단하다. 우회해서 가더라도, 끊어질 것처럼 가늘어 불안한 줄을 타더라도 나아간다. 결국 도달한다는 명쾌한 결론을 온몸으로 보여준다. 잠시 땅 쪽으로 방향을 바꾸거나 수평으로 가더라도 결국 하늘로 향한다. 담쟁이는 우리에게 그냥 그렇게 가면 된다고 말하는 것 같다. 하늘을 향해 가는

풀 무리의 전진을 눈으로 따라가며 나도 조금씩, 천천히, 한 걸음 한 걸음 조용히 걸어본다. 의지가 꺾이는 것 같아도, 상황이 지지부진한 것 같아도 결국 우리도 하늘을 향해 가고 있음을 믿는다.

에스키모들은 화가 났을 때, 슬픔과 걱정이 밀려들 때 무작정 걷는다고 한다. 얼음 땅을 걸어 화가 누그러지고, 슬픔과 걱정이 옅어지면 왔던 길을 따라 되돌아온다. 나의 전진이 그런 이유일지라도, 같은 길로 되돌아오더라도 전진했던 시간이 충분히 소중하고 의미 있으며 후퇴가 아님을 잘 기억해 두려 한다.

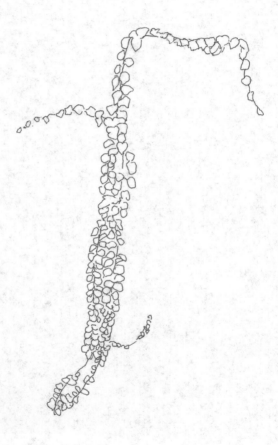

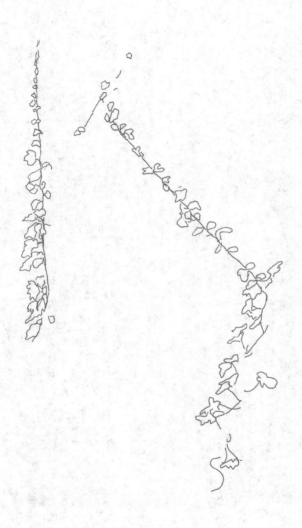

곁에 있는, 디딜 수 있는 모든 것을 타고 올라 그린 선. 이 복잡한 선들은 위로 가기 위한 과정이다. 가만히 덩굴손의 흔적을 따라가 보면 옆으로 가는 것도 위로 가기 위해 잠시 우회하는 것이다.

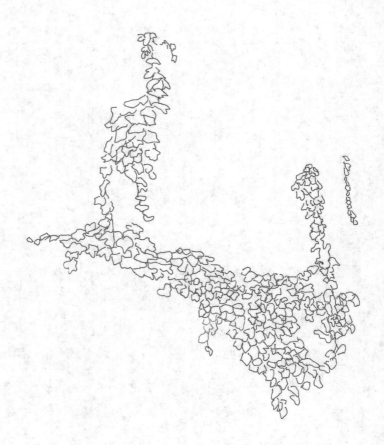

서울시 마포구 대흥동, 2020년 9월

담쟁이과 풀들은 끝에 이르면 울창하게 부푼다. 더 이상 갈 곳이 없을 때 풍성해져서 둥근 '초록 꽃'을 피운다. 삶도 끝에 다다르고 멈출 때 살이 오르고 풍성해질 것이다.

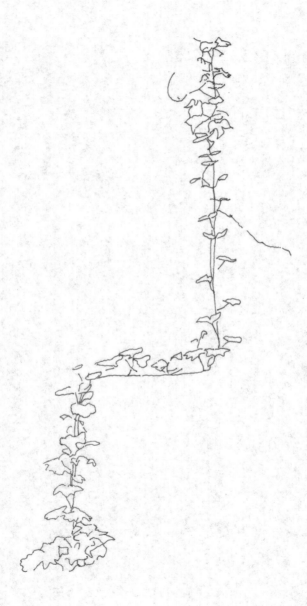

배관을 타고 도둑이 들었다는 뉴스를 본 적 있다. 그 도둑이 지나간 길을 표시라도 하듯 담쟁이가
자랐다. 도둑 담쟁이가 담을 넘었다.

서울시 강남구 신사동, 2020년 9월

한달음에 달려간 것처럼 하늘로 뻗어 단숨에 도달한 모습. 자세히 보면 전깃줄, 가는 막대 등 작은
갈래길을 거쳐 이르렀다. 그리 쉽게 직진했을 리 없다.

도시에 나무가 산다

길을 걷다가 큰 나무를 보았다. 캐나다 숲속에나 있을 것 같은 나무가 대도시 건물 사이에 있었다. 보면서도 믿기지 않았다. 햇빛도, 바람도, 흙도 턱없이 부족할 것 같은 비좁은 틈에서 어떻게 저렇게 우뚝 자랐을까? 나무는 언제 심어졌을까? 얼마나 오랜 세월 동안 거기 있었을까? 나무가 건물 사이에 자리를 잡았는지, 그 자리에 있던 나무를 두고 건물을 지었는지는 모르지만 나무의 풍채를 보면 건물보다 더 오래전에 자리 잡았을 듯싶다.

도시의 나무는 크고 온전해도 우리 눈엔 잘려서 보인다. 도시의 나무라고 하면 가로수가 먼저 떠오르지만, 도시 곳곳에는 믿기지 않을 만큼 많은 나무가 의외의 땅에서 자라고 있다. 하지만 대부분 건물에 가려 수형을 제대로 볼 수가 없다. 그 풍경은 마치 술래잡기할 때 어딘가 숨어 있다가 '친구들이 나를 못 찾고 놀이가 끝난 건 아닐까' 궁금해 고개를 내민 아이 같다. 골목 쪽에서 본 모습과 반대편 건물 쪽에서 본 모습이 다르다. 도시의 나무는 그렇게 방향과 위치에 따라 다른 자태를 보여주어 마치 퍼즐의 한 조각 같다. 나는 그런 나무를 보며 다이어리에 '잘린 풍경'이라고 적었다.

건물에 가려진 나무들을 휴대폰으로 찍다가 어느 날 사진 속 나무들을 하나씩 그려보았다. 하지만 그림은 경계를 표시한 지도처럼 비정형으로 완성되었다. 나무의 아웃라인을 따라 그린 그림은 그들이 도시에서 살아가는 풍경을 담은, 영역의 지도였다.

그런 조각난 나무는 건물이 철거되면 온전히 모습을 드러낸다. 자주 지나다니던 골목에 있던 건물이 철거되고, 포크레인이 가림막을 거두어냈을 때 나무의 모습이 시원하게 눈에 들어왔다. 그리고 몇 달 후 새 건물이 올라와 또 다른 잘린 풍경이 만들어졌다. 우리 눈에 다 들어오지 않지만 나무는 틈새로 햇살을 받고 후덥지근한 에어컨 실외기 바람을 맞으며 거기에서 그렇게 살아내고 있다.

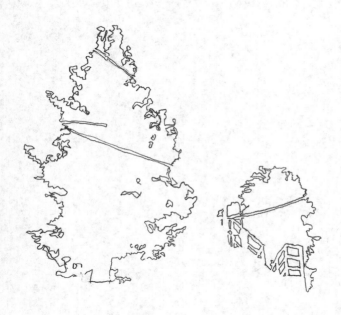

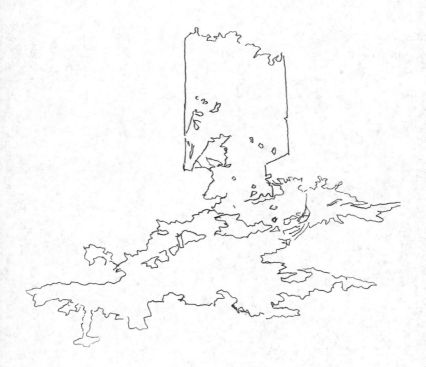

서울시 강남구 신사동, 2020년 8월

울창하고 키 큰 나무 옆 건물에 사는 사람들은 각 층마다 다르게 보이는 나무와 함께 일상을 살아갈 것이다.

서울시 강남구 신사동, 2020년 8월

서울시 강남구 신사동. 2020년 8월 / 서울시 강남구 신사동. 2020년 8월

서울시 강남구 신사동, 2019년 7월

나무는 건물에 가려지고, 전선에 가려지고, 실외기를 비롯한 이것저것 잡다한 것에 가려져 있다. 공사 때문에 건물이 헐리고 가림막이 걷혔을 때 그들의 삶이 또렷이 보였다. 우리는 잘린 모습을 그대로 인지하지만, 그것은 나무의 전부가 아니다.

고궁의 나무

추위가 시작되면 고궁에는 인적이 드물다. 나무 아래 쌓였던 낙엽이 걷히고 눈이 내려서 이불을 덮어주기 전 고궁에 가면, 봄에서 가을까지 다녀간 사람들의 발길로 흙이 닳은 나무 밑동 주변으로 힘줄처럼 불거진 뿌리가 유독 눈에 들어온다. 보통 도시의 나무들은 밑동이 시멘트와 맞닿고, 그 옆으로 시멘트가 넓게 덮여 있어 뿌리를 보지 못한다. 숲을 이루는 나무는 흙이 넉넉하고 발길이 살살이 닿지 않으니 고궁의 나무처럼 드러난 뿌리를 볼 일이 드물다.

초봄이나 겨울에 땅 위로 드러난 뿌리를 보고 있으면 엄마의 늙고 주름진 손, 평생 부지런한 손놀림으로 먹고산 사람들의 손등이 떠올라 애잔함과 연민의 감정이 올라온다.

고궁은 어린 시절 놀러 가는 장소, 일종의 유원지였다. 학교에서 소풍 가는 곳이자 가족 나들이 장소였다. 왕이 살던 곳이라는 사실이 어른들의 호기심을 불러일으켰는지 할머니, 할아버지가 오시면 무리 지어 찾아가던 곳도 고궁이었다. 이제 나는 가을이 끝나고 초겨울이 시작될 무렵 옷을 단단히 입고 따뜻한 커피나 차를 텀블러에 담아 고궁을 찾는다. 그 시기의 뿌리를 마주할 때면 오랜 친구를 만나는 느낌도 든다. 겉모습과 상관없이 서로 속을 알고 믿음이 가는, 위로가 되어주는 그런 친구 말이다.

고궁도 저마다 자라고 있는 나무가 조금씩 다르다. 경복궁의 나무는 두툼하고 단정하고 울창하다. 덕수궁은 건물도 드문드문 있고 건축양식도 다양해 구경거리가 많고, 나무도 다른 궁보다 자연스럽다. 그래서인지 덕수궁 방문객에게 제안하는 동선에 이 나무들이 발에 걸리곤 한다. 내가 여실하게 드러난 고목의 뿌리를 본 곳도 덕수궁이다. 내 발걸음이 뿌리를 덮고 있는 흙을 스쳐 흐트러뜨린 것을 인지조차 하지 못했는데 어느 날 궁 어디쯤 앉았다가 고목의 뿌리를 보게 되었다.

어느 한가한 날은 여실하게 드러난 뿌리를 그려보기도 했다. 바라보고 그리고 하다 보면 경험하지 못한 시간의 흔적이 느껴지기도 한다. 바다와 하늘이 닿는 수평선처럼 흙과 나무 밑동이 닿는 선은 뿌리다. 땅과 닿으며 뿌리가 그린 선들이 마치 세상의 경계처럼 보인다. 땅이 하늘을 향해 하는 이야기 같기도 하고, 땅에 사는 사람들의 흔적 같기도 하다. 나무의 뿌리가 드러나 생긴 선 어딘가에 내 이야기를 담아본다. 하늘 아래 삶이 고달플 때도, 기쁠 때도 있다고. 여실히 드러난 힘줄 같은 뿌리에 낙엽이나 눈이 덮여야 비로소 괜찮을 것 같고, 그렇게 되어야 비로소 한숨 돌리며 안식을 찾을 것 같다는 생각은 나를 위로하는 마음이기도 하다.

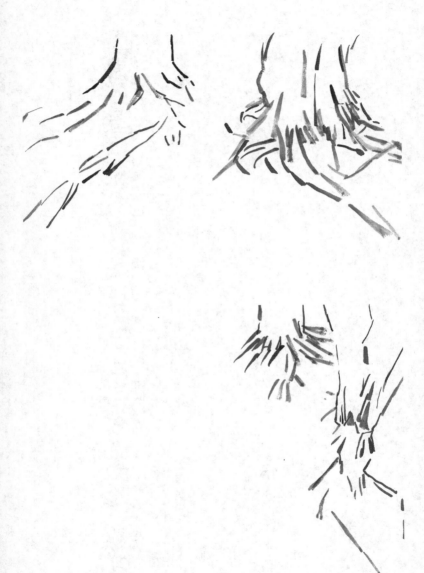

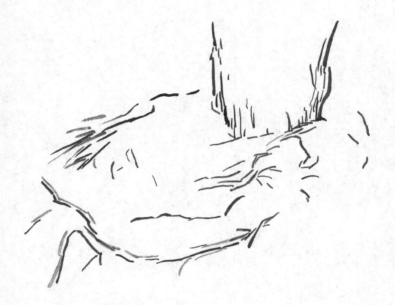

서울시 중구 정동 덕수궁. 2020년 11월

틈만 나면

오래된 나의 지질학 지식에서 시작된 상상이 엉뚱한 틈으로 빠져버렸다. 지각, 맨틀, 외핵, 내핵. 어릴 때 외운 것은 또렷하게 머리에 남아 있다. 중앙에 붉은 마그마가 있고 그 둘레로 돌과 흙이 덮인다. '그런데 어쩌면 지구 한가운데 마그마는 빨강이 아니라 초록의 어떤 물질이 아닐까. 아니면 지상으로 분출하면서 온도 차로 색이 바뀌거나 한 것이겠지. 그게 아니고서는 땅에서 나오는 것마다 온통 초록색일 수가 있을까.' 땅 위로 자라는 식물과 아주 좁은 틈에서 나는 온갖 풀, 스멀스멀 덮는 이끼조차 초록색이고, 씨앗이 싹을 틔울 때도, 나무줄기를 타고 나오는 새잎도 약속한 것처럼 모두 초록이니까. 아이슬란드의 화산 속으로 들어가며 시작되는 쥘 베른의 〈지구 속 여행〉처럼 도시 땅바닥의 틈 사이로 들어가 초록색 마그마를 만나는 나의 상상은 쉽게 멈추지 않았다. 공상 과학 만화나 재난 영화에서 땅이 갈라지며 마그마가 뿜어져 나오듯, 시멘트 틈을 비집고 초록 생명체를 내미는 풀을 보며 이런 생각을 했다. 사실 여부와 상관없이 나는 틈새를 비집고 나오는 것들의 색이 초록이어서, 그것들이 풀이라서 안도했다. 그 틈에서 검은색이나 빨간색이 나온다고 생각해 보라. 얼마나 끔찍한가.

풀은 소리 없이 도시의 틈을 점령한다. 작고 고요해서 존재감이 없을 것 같은데, 풀이 자리 잡은 위치와 모여서 핀 모습은 마치 게릴라 전투를 하듯 불시에 출몰해 멈칫하며 발걸음을 멈추게 하기에 충분하다. 아스팔트, 시멘트 바닥, 계단, 옹벽 등 어디든 가리지 않고 틈만 있으면 삐죽 솟아나기도 하고, 같은 종류끼리 무리 짓기도 하며, 서로 다른 것은 놀라우리만치 조화를 이루기도 한다. 그런 모습을 보면 저절로 감탄이 나오고, 감동하며, 신비롭기까지 하다. 여리디여린 것들이 서로 작당이라도 하지 않고서야 그토록 생명력과 열정이 넘치고, 끈질기게 살아날 수 있을까.

삭막한 도심 아스팔트 위에서 초록은 더욱 도드라진다. 옹벽에 풀이 나거나 느닷없이 나타나는 바람에 나는 걸음을 멈추고 수도 없이 사진을 남겼다.

당황스럽고 놀랍고 신기하고 재밌고 대견했다.

우리 눈에 잘 보이지 않는 틈. 거기서 풀이 등장하면 순식간에 시야가 확장된다. 틈이란 깨지고 벌어져서 생긴 공간이다. 어떤 문제나 결핍으로 생긴 틈을 채우는 초록은 학교 다닐 때 교실 꾸미기를 담당했던 미화부장 같다.

대리석 계단의 둥글게 깨진 틈은 반달 모양으로 채우고, 갈라진 시멘트 마당은 그 곡선을 따라 수를 놓듯이 꾸민다. 금이 가고 떨어져 나간 곳에 초록이 없다면 얼마나 삭막했을까. 뉴질랜드의 어느 광고 회사에서 풀을 인쇄한 쓰레기 봉투를 만들어 아름다운 도시 만들기 캠페인을 벌인 적이 있다. 길거리나 담벼락에 쌓인 흉물스러운 쓰레기 봉투를 미화한 아이디어다. 도시의 금이 간 곳, 벌어진 틈을 차지한 초록 식물이 바로 그런 역할을 한다. 자연이 이런 일을 하고 있다.

서울시 강남구 신사동, 2020년 5월

391

서울시 강남구 신사동, 2023년 5월

서울시 종로구 부암동, 2020년 8월

키가 큰 강아지풀과 둥글고 낮은 잎, 여리고 아담한 풀. 이들이 이룬 조화는 삼각 구도로 자리를 정해 놓고 풀의 팔레트에서 어울리는 모양을 골라 신경 써서 심은 듯 유난히 아름다웠다.

405

서울시 강남구 신사동, 2021년 6월

이곳은 봄에도, 초여름에도 풀이 날 기미가 전혀 보이지 않다가 긴 장마가 끝나고 나면 올라온다.마치 새싹을
틔울 때 젖은 솜 위에 씨앗을 올리듯 물에 푹 잠긴 후에야 모습을 드러내는 것이다. 시멘트를 부어 정돈한
저곳은 나무나 화단이 있던 자리라고 짐작해 본다. 저 아래 보이지 않는 흙에서 새싹이 시작됐으리라.

서울시 강남구 신사동, 2021년 3월

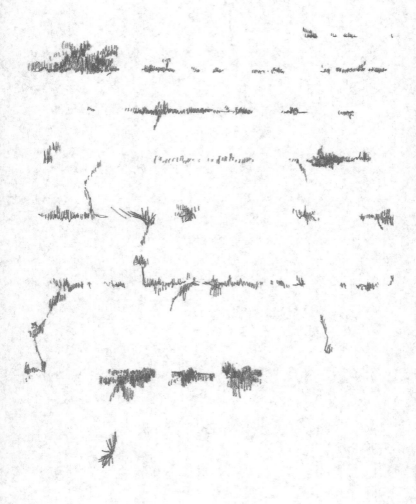

벽에서 마치 손을 내밀듯이 풀 무리가 솟아졌다. 어찌 보면 괴기스럽기도 한 풍경. 자동차 뒷자리에 앉아 있던 나는 황급히 휴대폰을 꺼내 차창 밖으로 팔을 내밀었다. 주변을 둘러보니 풀씨가 날아올 한 줌 흙도 없고, 커다란 다리가 시작되는 아래라 가로수도 보이지 않는데 대체 어디서 날아와 옹벽에 정착했을까.

서울시 중구 신당동, 2022년 8월

그럼에도 불구하고

주어진 대로 산다는 것이 무엇인지 가르쳐주는 나무들이 있다. 턱이 있어도, 디딘 자리가 비탈져도, 철망으로 가로막혀도 그 나무들은 끝까지 가지를 뻗는다. 창살 틈으로 비집고 나온 잎사귀들은 쇠로 만든 경계를 유연하게 넘는다. 그러나 창살과 함께 살아내는 나뭇가지를 보는 내 마음은 편치 않다. 장애물을 피해 우회하기도, 때로는 품기도 하며 자라난 모습은 장하기도, 안쓰럽기도 하다. 인공의 것이 자연을 가로막아 기이해진 풍경에 안타까운 마음이 드는 이유는 그것이 인간의 일에서 비롯되었기 때문일 것이다.

그 나무들의 밑동은 묵묵하다. 가지가 어디로 향하는지 전혀 신경 쓰이지 않는 것처럼 아래에서 버티고 있다. 믿고 지키는 힘이 든든한 배경이 되어 가지들은 철망을 만나도 주저하지 않고 뻗어나간다. 마치 믿음으로 묵묵히 바라봐 주는 부모나 스승을 둔 사람들이 고난을 헤쳐나가는 힘이 남다른 것처럼 말이다.

도시엔 수많은 가림막이 있지만 철망은 유독 가혹하다.

나는 철망이나 창살을 품거나 비켜가며 자란 나무를 보며 도시 사람들의 삶을 떠올렸다. 창살로 가로막힌 환경은 공기는 통하지만 엄연히 나뉘어 있고, 막혀 있다. 영역을 구분해 선을 그어놓은 것이다. 도시 사람들의 생태가 그렇다. 모든 것을 공유할 것처럼 행동하지만, 그래서 서로 통한 듯 보이지만 넘을 수 없는 벽이 있는 사이.

도시의 나무는 과한 경계를 품고 살고 있다. 도시에 사는 나는 무엇을 품고 감당하며 살아왔을까. 내 안에 박힌 쇠를 생각해 본다. 사람 사이를 가로막고 있는 창살을 떠올려본다.

한 숨 멈추고 경계를 유연하게 우회해 자라고 있는 나무들. 나도 그렇게 고난 앞에서 유연해지고 싶다.

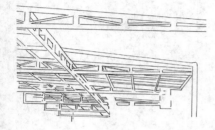

445

시선이 바뀌다

나무를 보라고 하면 사람들은 나무의 잎을 보고 푸르름에 대해 이야기한다. 처음
본 사람의 외모와 꾸밈새부터 눈에 들어오는 것처럼, 나무도 그렇다. 내게도
나무를 본다는 말은 고개를 들고, 하늘을 배경으로 뻗은 가지와 잎이 빛과 바람에
일렁이는 찬란한 순간을 감상하는 것이었다. 습관처럼 도시의 나무들을 구경하고
관찰하던 어느 날, 늘 하던 것과 반대로 고개를 숙여 밑동을 보게 되었다.
마치 만날수록 궁금한 게 생기는 사람처럼 그제야 그들의 근원, '속'이 궁금했던
것 같다.

나무의 시작점, 나무가 뿌리 내리고 있는 장소는 하나같이 위태로웠다. 나무
하면 떠오르는, 너른 흙을 배경으로 뿌리 내린 모습이 아니었다. 그런 이상적인
광경은 늘 공간이 부족한 도시의 골목에서는 불가능한 일이다. 도시에 드문드문
공원도 있고, 정원 딸린 고급 주택도 있고, 거창하게 정원을 갖춘 아파트도 있지만
우리 동네 공동주택의 나무들은 대개 흙이 반 뼘도 덮이지 않은 시멘트 바닥에
마치 시멘트에서 솟아오른 듯, 시멘트에 묻힌 듯, 거기에 꽂힌 듯 서 있었다.
그렇게라도 우리 곁에 나무가 있는 것이 감사했다. 하지만 한동안 하늘을 향해
뻗은 나뭇가지들을 볼 땐 숨이 막히곤 했다. 그들이 디디고 선 숨구멍 하나 없는
시멘트 바닥이 떠올라서 왠지 미안했다. 시멘트를 딛고 있는 나무의 기둥을
그리기 시작했다. 그렇게 그리고 나니 나무가 딛고 선 모습이 더 잘 보였다.
나무가 딛고 있는 곳을 보고 나와 타인을 알아가고, 세상을 대하는 내 태도를
돌아봤다. 내가 딛고 있는 것이 무엇인지, 땅속 깊이 뿌리 내려 나를 지탱하는
힘은 무엇인지 생각해 본다. 지쳐 쓰러지고 싶은 날도 그 뿌리가 약해진 것이
아니라고 위로했다.

서울시 강남구 신사동, 2020년 9월

도시에는 시간이 멈춘 듯 앉아 있는 노인들이 계시다. 의자에 앉아 해바라기하는 분들. 어느 날 오며 가며 인사하던 할머니가 보이지 않았다. 무심결에 그 건물 앞을 살피다가 저 나무를 발견했다. 할머니와 함께 그림처럼 자리를 지키고 있던 나무는 여전히 그곳에 있었다. 이제 나무만 남았다. 낯설고 쓸쓸하게.

서울시 강남구 신사동, 2020년 9월

서울시 강남구 신사동, 2021년 6월

한 골목에 나무 세 그루가 있다. 수종도 모두 다르다. 작업실 가는 길목이라 자주 만나는데, 나는 저 세 그루를 보면 평상에 앉아 수다 떠는 아주머니들 같다. 〈응답하라 1988〉에 나오는 이웃들처럼 집안 사정 속속들이 알고, 무슨 일 있으면 오지랖 떨며 도와주는 그런 사람들 같다.

서울시 강남구 신사동, 2021년 11월

고집쟁이

사계절 내내 변화가 없는 나무들이 있다. 볼 때마다 한 치도 달라지지 않고 늘 당당한 모습에 놀라곤 한다. 나무라고 하면 당연히 그늘을 마련해 주고 열매를 내주는 '아낌없이 주는 나무'를 떠올리는데, 이렇게 다른 나무가 있다니 신기하고 재밌다.

이들은 잘생겼다. 건물 앞에 한 그루만 딱 서 있어도 위풍당당하고 멋지다. 삐죽 자란 것은 우스꽝스럽기도 기괴하기도 하지만, 아웃라인이 정돈돼 있어 잘 매만진 조형물을 보는 것 같다. 어느 계절이고 색깔도 형태도 같은 나무. 태양의 방향과 조도에 따라 옅고 짙게 보이지만 언제나 실제는 진초록이다. 그래서 상록수, 사철나무라고 부른다. 이런 수종은 주인이 손 갈 일이 적다. 드물게 생애 주기에서 한 번쯤 병이 나는 정도일 뿐, 계절이 바뀐다고 잎을 쓸거나 때마다 가지 치기를 요란하게 할 필요도 없다. 나뭇가지도 빽빽하게 채워져 있어 싹이 트는지 잎이 지는지 알 길이 없고, 좀처럼 가지의 갈색 부분을 드러내는 법도 없다.

꼬장꼬장하지만 속 깊은 어른 같기도, 신경질 내면서 부탁하는 거 다 들어주는 친구 같기도 하다. 계절이 바뀌어 바람의 온도와 세기가 달라져도 꿈쩍하지 않는 모습은 영국 근위병을 연상시킨다. 마치 떡잎과 묘목이던 시절은 없었던 것처럼, 원래부터 초록색의 저런 모양이었을 것 같은 나무는 헤어스타일이 절대 변하지 않는 동네 아저씨를 보는 것 같아 살짝 웃음도 난다. 나는 이 고집스러운 나무의 모습이 어쩐지 동화 같다고 생각했다.

나무라면 으레 기대하는 감성과는 거리가 있지만 상록수는 서 있는 것만으로 의무를 다한다. 눈이 내려도 도톰하고 매끈하게 덮이고, 털어내지도 않은 듯 고스란히 붙들고 있다. 도시를 지키는 보초 같은 고집쟁이다.

서울시 강남구 신사동, 2020년 11월

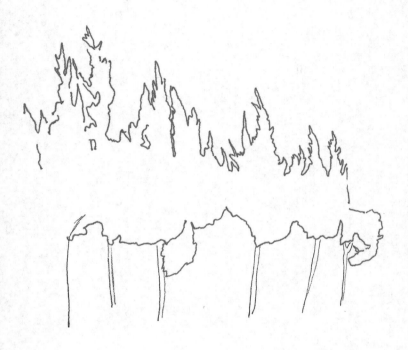

서울시 강남구 신사동, 2023년 2월

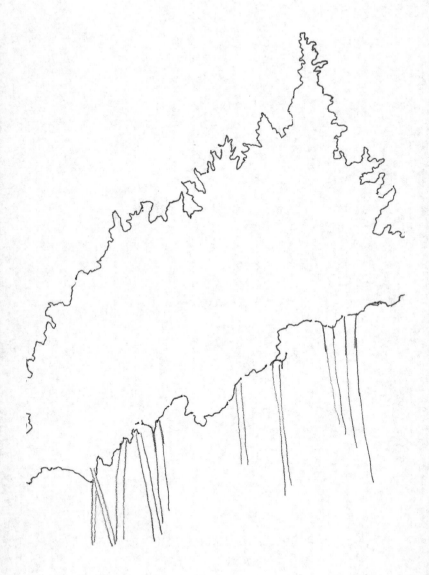

상록수는 홀로 우뚝 서 있는 경우가 대부분인데, 무리 지어 건물을 에워싼 모습이 늠름하고 든든하고 부드럽기까지 하다. 고집쟁이들에게도 저런 마음이 있음이 전해진다.

더불어

다섯 살 무렵이었던 것 같다. 할아버지 집에 가면 망가진 소쿠리를 잘라 만든 파리채가 있었다. 플라스틱 통도 낡아 갈라지면 버리지 않고 철사를 달궈 구멍을 뚫은 다음 '바느질'해 뭔가 담는 통으로 썼다. 구멍 난 양말에 머리카락 모아 만든 바늘꽂이도 봤다. 어른들은 절약이 몸에 배어 있다. 나는 그것이 자린고비처럼 무작정 아끼는 습관이 아니라 물건을 귀하게 여기고 돌보는 마음씨라고 생각한다. 할아버지는 밭에 길을 만들 때도 나무를 해치지 않게 둘러 내셨다. 가끔 도시에서도 그런 풍경을 만나곤 한다.

친구가 이웃이 공사를 시작했다고 지레 겁을 먹고 걱정한 적이 있다. 우연히 친구네 동네를 지나가다 가림막 사이로 삐죽 튀어나온 나무를 보았다. 공사장 가림막에 구멍을 뚫어 나무가 생긴 그대로 고개를 내밀게 해준 것이다. 그 현장을 보고 저 집이 지어지는 동안 큰 분란은 없겠구나 하며 마음을 놓았다. 바쁜 공사 현장에서 베어버린다 해도 누가 비난하지 못할 텐데, 그것이 효율적인 일일 텐데도 나무를 위해 품을 쓴 것을 보면 알 수 있다. 현장 소장이든 집주인이든 마음씨 좋은 사람이라는 것을.

어느 비 오는 날 카페에서 나오는 길에 본 풍경도 참 보기 좋았다. 신당동 오래된 골목에 자리한 카페는 실내에 무화과나무가 있고, 옥상에도 정원을 가꾸었다. 한눈에도 주인이 식물을 좋아하는구나 짐작할 수 있었다. 카페에서 나오며 좁은 골목에 흐드러진 라벤더를 보았다. 어디서 씨앗이 날아왔는지, 비가 많이 오는 여름이라 그런지 작정을 하고 풍성하게 자라 길을 막을 지경이었다. 카페 출입구로 향하는 동선이라 주인 입장에서 뽑아버릴 만도 한데 가는 끈으로 슬며시 묶어 행인도 배려하고 라벤더도 지켜낸 모습에 마음이 푸근해졌다. 멋진 무화과나무보다 이 라벤더에 담긴 마음씨가 두고두고 기억났다.

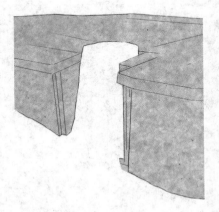

서초동 법원 앞은 오가는 사람도 마음 편한 동네가 아니다. 위엄 있고 위협적이기도 한 이곳에서 대리석으로 마감한 블록 사이에 긴 밑동을 덮어버리지 않은 나무를 발견했다. 바닥까지 자르고 덮어버릴 수도 있었을 텐데…. 누군가의 따뜻한 마음이 느껴졌다.

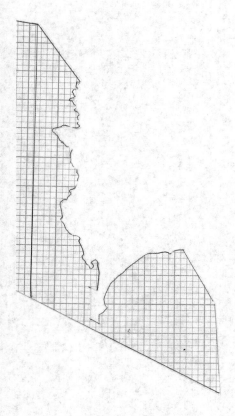

황학동 좁은 골목길에 있는 카페 '레레플레이'. 제 집 화초뿐 아니라 길목의 식물도 돌보는 주인의
따뜻한 마음이 느껴졌다.

새들만 아는 주소

여섯 살 때 시골 할머니 집에서 1년을 지냈다. 그 시절 감나무집 아주머니네에 감이 달리면 나눠줘서 먹고, 대추 맛있는 집에 대추가 열리면 할머니를 따라다녔다. 대추나무집은 몇 집이 있었는데, 더 맛있는 대추가 열리는 집이 있어 그 할머니네 가는 게 좋았다.

단독주택이 많던 어린 시절, 도시에서도 감나무집, 대추나무집 하며 그 집에 있는 나무 이름을 붙여 불렀다. 우리 집 마당에도 사과나무가 있어 엄마가 사과 좋아하는 친구 오면 준다고 기다리던 기억이 난다.

과일은 마트에서 사 먹는 것이 당연한 도시 생활을 하다가 발리에 있을 때 어린 시절 추억이 떠오르는 경험을 한 적이 있다. 우리는 손님이 온다고 하면 다과를 준비하러 마트나 베이커리에 가는데, 인도네시아에 사는 친구네 갔더니 내가 왔다고 얇은 이불을 들고 마당으로 나갔다. 나무 위에서 낫으로 코코넛을 베면 아래에서 이불을 펼쳐 받아 코코넛 주스를 따라줬다. 그 광경이 황당하기도 하고 재밌었다. 주스를 다 마시니 코코넛을 반으로 갈라 숟가락을 주면서 긁어 먹으라고 했다. 코코넛 과육이 젤리처럼 쫀득했다. 그날의 티타임은 가족이 둘러앉아 수박을 파먹는 듯 정겨웠다. 얼마 후 다른 친구네 갔더니 마당에서 바나나를 따주고, 커피나무에서 딴 커피를 볶아 내려줬다. 이들은 이렇게 자급자족하며 산다. 집집마다 심은 나무도 다르다. 바나나 좋아하는 집은 바나나나무가 한 그루 더 있고, 식구 많은 집은 코코넛나무도 여러 그루다. 어느 집에나 파파야나무는 꼭 있었는데, 파파야잎을 끓여 약으로 쓰기 때문이라고 했다.

도시에 살면서 과일나무가 있는지, 열매가 달리는지 생각해 본 적이 없었는데 발리의 친구들 집을 보고 돌아온 해에 우리 동네에서 석류나무를 발견했다. 회색빛 담장 위에 빨갛게 익은 석류가 또렷하게 보였다. 대추가 떨어진 것을 보고 대추나무가 있는 것도 알았다. 아무도 따 먹지 않아서 나무에 열린 대추가 전부 우두둑 떨어졌는지 바닥에 가득했다. 좋은 향이 나서 보니 모과나무가 있었고, 새소리 덕에 감나무 위치도 알았다. 도시의 감나무는 까치밥이 풍년이라 몇 개는 달린 채로 말라 곶감이 되어가고 있었다.

대추, 감, 포도, 석류, 모과. 내가 동네를 산책하며 발견한 과일나무다. 무려 밭작물인 수박, 콩, 옥수수, 호박도 있다. 도시 한복판에서 재배하는 농산물 품종이 농촌 못지않다. 누가 열심히 키우는 것 같지도 않다. 어느 화단에는 수박을 먹고 창밖으로 씨를 뱉었는지 수박도 있었는데, 크기가 야구공만 했다. 색깔도 진하고 까만 줄도 선명한 것을 보니 다 자란 것 같은데 거름을 안 줘서 그런가 보다. 크기는 작아도 야무지게 영글어 똘망똘망했다. 교회 주차장 쪽에서는 콩도 봤다. 내가 주차장으로 통하는 후문을 이용하는 때는 예배 끝나고 장을 보러 가는 날이다. 마트 가는 사람 눈에 콩은 눈에 잘 들어왔고, 콩깍지 속에 정말 콩이 들어 있을까 궁금해 까보고 싶었지만 마침 교회에서 나오는 길이라… 참았다.

지금도 도시에 과일나무가 있지만 아무도 나무로 집을 구분해 부르지 않고, 감이며 모과, 대추가 열려도 관심이 없다. 주위에 있는지조차 모르고, 안다 해도 먹지도 않는 도시의 열매들. 도시에서 과일은 사서 먹는 것이지 따서 먹는 게 아니니까. 어쩌면 도시의 과일나무는 풍년을 기약하는 이가 없어 마음 편하고 자유로울지도 모르겠다. 도시의 과일나무 주소는 새들만 알고 있다.

옥수수는 밭 한가득 심거나 밭 가장자리 자투리 땅에 병풍처럼 빙 둘러 심는데, 저렇게 비좁은 화단 벽에 붙어 자라는 옥수수라니. 기념품 숍에서 만난 미니어처나 모조품 같은 느낌이라서 웃음이 났다.

수선집 벽을 타고 자라는 덩굴에 달린 호박은 동그란 방석에 앉아 있었다. 자투리 천을 모아 속을
채웠는지 제법 폭신하고 모양도 호박처럼 둥근, 신경 써서 만든 방석이다.

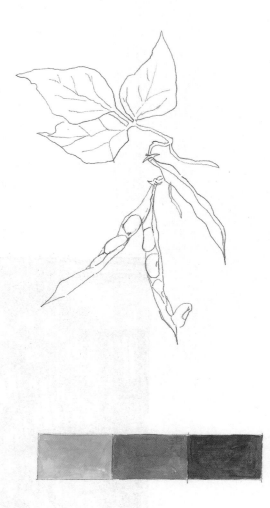

서울시 강남구 신사동, 2022년 5월

그림 11 2020년 강릉사대 구촌리 전경

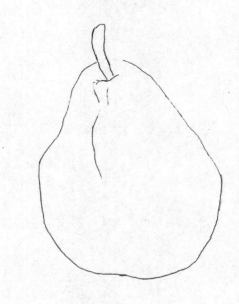

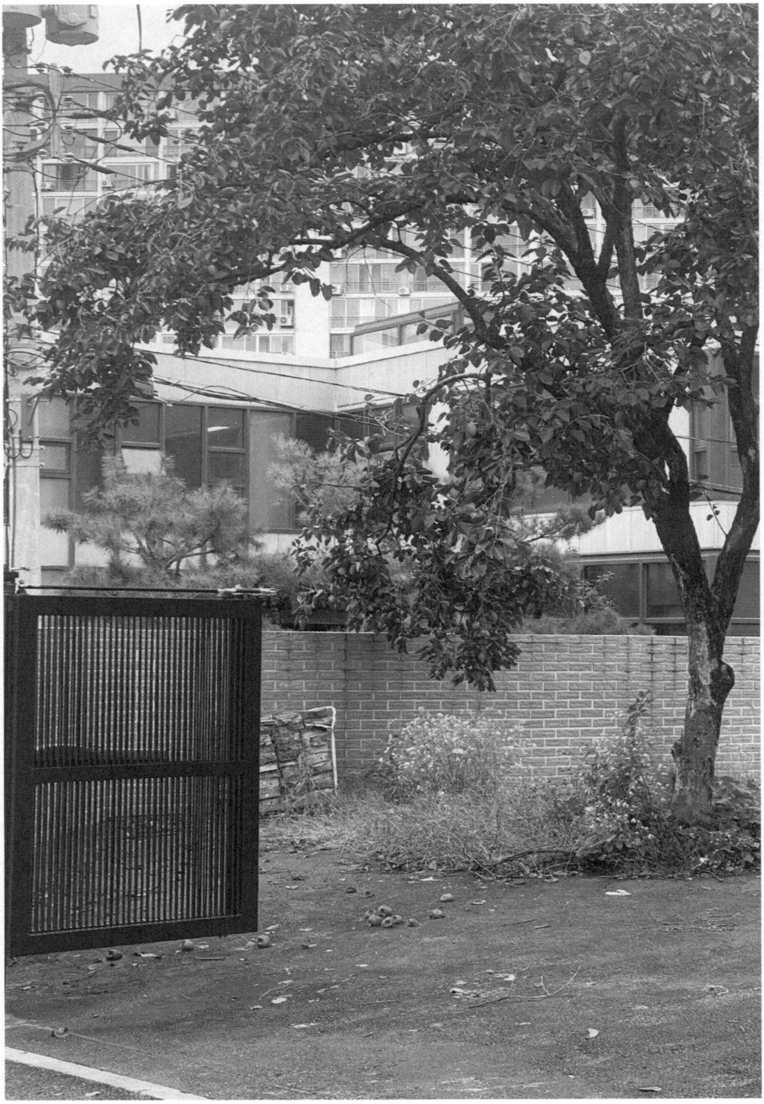

서울시 강남구 삼성1동, 2022년 10월

완벽한 풍경

수많은 간판과 디스플레이, 도시에는 어느 것 하나 의도 하지 않은 무언가를 찾기가 어렵다. 나는 이런 도시에서 무심코 놓인, 또는 버려진 물건과 그 곁에 자란 풀과 어느 장소에 잠시 머무는 고양이를 보며 자유와 해방감 그리고 아름다움을 느낀다.

어느 날 자전거를 감싸며 안장 주변으로 풀이 자란 것을 보았다. 버려진 자전거를 타고 풀이 자랐다는 것은 오랜 시간 아무도 자전거를 건드리지 않았음을 의미한다. 물건을 이리저리 옮기면 풀이 자라 물건에 깃들 틈이 없으니까. 어떤 정원사가 가지치기를 해도, 어떤 플로리스트가 풀을 매만져도 저렇게 자연스러운 선을 만들지는 못할 것 같다. 자연스럽다는 것. 그것은 무엇을 그리고 만들 때마다 내가 바라는 목표이자 부딪히는 한계다.

틈새에 먼지가 끼고 귀퉁이가 뭉툭하게 닳고 단 스티로폼 박스, 쓸모가 없어져 빨간빛이 바래도록 구석에 방치된 러버 콘, 한쪽 귀퉁이가 깨진 벽돌, 대강 발라 움푹 파이거나 오래되어 균열이 생긴 시멘트 바닥도 자연스럽게 낡은 맛에 오래 덮은 이불처럼 다정한 느낌이 든다. 그런 폐기물 주변으로 풀이 돋고, 틈새로 올라와 무리를 이룬다. 풀들은 마치 학창 시절 미화부처럼 주변의 사물과 도모해 도시 풍경을 이룬다. 삭막한 도시의 한 귀퉁이에서, 후미진 뒷골목에서 물체와 풀들이 작당해 미장센을 완성한다. 완벽한 풍경이다. 의도하지 않아서 더욱 아름다운 풍경이다.

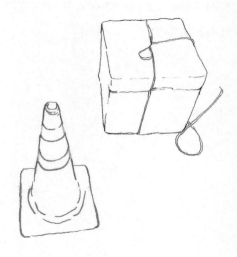

서울시 강남구 신사동, 2020년 9월

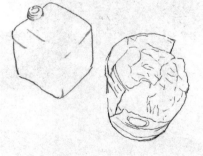

전라남도 순천시 조곡동, 2020년 8월

나는 도시의 폐기물들이 그다지 볼썽사납지 않다. 풀이 흔한 계절이 오면 다가가 가만히 들여다본다. 풀들이 완성한 조화로움. 흔히 '말통'이라 부르는 넉넉한 플라스틱 통 뒤로 높이와 부피를 달리해 자리 잡은 풀들이 구성을 맞춘 듯하다.

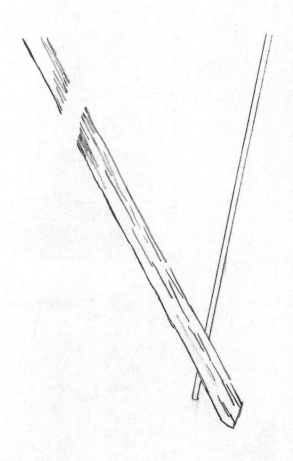

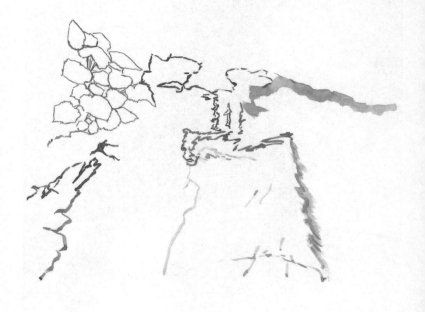

고르지 못한 땅에 고인 빗물이 비정형 선을 그렸다. 세월과 날씨의 합작품. 어떤 동양화의 선이 이토록 아름다울까.

서울시 강남구 신사동, 2022년 6월

고양이가 주인인 양 차지한 인적 드문 가게에 손님은 방해꾼일 뿐이다. 길냥이들이 앉은 곳은 장소 불문하고 그들에겐 거실. 그래서 나는 도시에서 고양이를 만날 때마다 방해꾼이 된다.

돌아서 가는 길

꽃을 보려고 돌아 갔다. 비 내린 다음 날은 꽃이 얼마나 더 활짝 폈을까, 어떤 꽃이 봉오리를 맺었을까 궁금해서 조금 일찍 나갔다. 상황이 안 되면 조금 더 빨리 걸어서 그쪽으로 돌아 곁눈으로 스치듯 보았다. 무엇을 하기 위해, 누구를 만나는 약속 때문에 움직이듯 그 화단을 보러 갔다.

좋아하는 카페 가는 길목에 가로로 긴 화단이 좌우로 있었다. 세탁소 가는 길도 이 골목이었다. 이렇게 저렇게 자주 지나는 길목에 있는 화단이었다. 눈여겨보지 않았는데 어느 날 보니 예전에 핀 꽃이 무엇인지 기억이 어렴풋했지만 분명 전혀 다른 꽃이 피어 있었다. 세탁소에 가느라 옷을 한 짐 들고 있었는데도 시선이 가 한참 동안 멈춰 서서 꽃을 바라봤다. 그렇게 돌아 가는 길이 시작됐다.

보통 화단에 꽃이 한 번 피고 지면 그만인데 이 화단은 달마다 다른 꽃을 준비하고 있었다는 듯이 보여주었다. 마치 공연의 1막, 2막, 3막처럼 계절의 변화를 화려하게 알렸다. 어제 피지 않았던 꽃이 비가 오면 생기 있게 얼굴을 내밀고, 청초하고 순수한 방울꽃을 보고 며칠 지나면 조롱조롱 종처럼 생긴 연보랏빛 꽃들이 달리고, 조금 더워지면 주황색 나리꽃이 나팔을 부는 것처럼 피어난다. 비가 오거나 더위가 기승을 부릴 무렵이 클라이맥스다. 다양한 꽃이 다채로운 색으로 화단을 채우는 때가 오면 꽃밭은 마치 오케스트라 같다. 그래서 여름이 오면 그 연주가 듣고 싶어 기꺼이 화단의 관객이 되기 위해 돌아서 간다.

나는 꽃 이름도 잘 외우지 못하고 피는 계절이나 피는 순서를 익히는 것도 적성이

아니다. 꽃 이름을 몰라도 몇 해 동안 길을 돌아 가 찾은 화단에서 그때쯤 거기서

핀 꽃들을 기억하는 것은 내 마음속의 축제같이 신나는 일이었다.

이 화단 덕분에 나는 느긋해졌다. 조금 일찍 나서서 꽃 한번 보고 가는 건 분명

시간을 더 쓰는 일이건만, 그 루틴이 생기면서 오히려 생활에 틈이 생겼다. 5분

먼저 나섰을 때의 여유일까. 5분이 무슨 틈이라고, 꽃 때문인가 싶다가 5분

늦었을 때의 다급한 마음과 비교해 보니 꽃을 보려고 남겨둔 5분의 짬은 단순히

5분이 아닌 심리적으로 굉장히 여유 있는 시간이었다.

서울시 강남구 신사동, 2020년 5월

5월의 풍경. 꽃 이름은 섬초롱꽃, 떡갈잎수국이라고 한다. 5월의 색은 곱고 연하고 은은하다. 수채화 같다. 수수하고 얇은 옷을 입은 듯 청초하다.

565

11월의 풍경. 풍접초, 백일초, 천일홍, 맨드라미, 봉선화. 이때의 화단은 부산하다. 온갖 먹을 것이
풍요롭고, 명절에 북적이는 그 느낌처럼, 추수할 것이 없는데도 화단은 화려한 색깔로 풍년이다. 마치
필 수 있는 모든 꽃이 모든 색으로 피어나듯이.

찬란함에 대하여

신사역 8번 출구는 가로수길로 가려는 사람들이 대부분 이용하는 곳이라 한산할 때가 드물다. 어느 날 그 혼잡한 곳에서 친구를 만나기로 한 것도 잊을 정도로 햇살처럼 화사한 장면을 보았다. 뜻밖의 초록이었다. 〈이웃집 토토로〉와 〈개구리 왕눈이〉에 나오는 풀잎 우산처럼 동화 같은 잎사귀가 출구 표지판 곁에 서서 환하게 나를 반겼다. 비 오는 날 우산을 들고 마중 나온 것처럼, 햇살 쨍쨍한 날 양산을 준비한 친구처럼, 환영의 플래카드처럼 반색하며 맞아주었다.

나는 이 커다란 잎들의 위치를 기억한다. 신사역 8번 출구, 버스에서 내려 대로에서 작은 골목으로 접어들어 집에 도착하기 전 쓰레기통 옆, 우리 집 앞 벽돌담 주택, 을지로 철공소 골목 뒷길 등. 이들의 존재는 노력 없이도 기억될 만큼 인상적이다. 토란이나 머위의 친구인 이 풀들이 작년에는 엄청나게 빠른 속도로 자랐는데 올해는 여름이 더디 오는지 속도가 느리다. 초여름 밤 공기가 지난해보다 차게 느껴졌는데, 그것 때문인 것 같다. 이 풀은 봄에서 여름으로 넘어갈 때, 기온이 올라가면서 여름을 시작하는 비가 오면 껑충 자랐다가 장마가 지나고 열대야가 오면 점점 말라 가을이 오면 흔적 없이 사라져 버린다. 고작 500원짜리 동전만 한 굵기의 줄기로 어떻게 저렇게 넓은 잎을 지탱하고 있으며, 또 그런 가분수 같은 모습으로 위태롭기는커녕 힘차게 서 있는 것도 찬란한데 잎을 바꾸며 사계절 존재하는지…. 나무처럼 우뚝하게 자랐다가 흔적도 남기지 않고 순식간에 사라지기에 더욱 찬란하다.

가로수길로 가는 길목이자 교통량과 매연이 엄청난 대로변을 환하게 밝히던 우산 같은 잎사귀는
도시의 습도가 높아지는 때 한없이 퍼지다가 무더위가 오면 마르기 시작해 찬 바람이 불면
흔적도 없이 사라진다.

서울시 중구 산림동, 2022년 6월

574

서울시 강남구 신사동, 2020년 7월

내 주소지로 우편물이 날아왔을 때, 부모님 집에 살다가 자취를 시작하면서 '내 방'이 생겨 더 감회가 남달랐을지도 모르겠다. 주소는 보고 싶을 때 찾아갈 수 있는 정보다. 도시의 풀에도 주소가 있다는 것을 알게 된 것은 맨드라미 덕분이었다.

어느 날 친구가 단톡방에 사진 한 장을 올렸다. 믿을 수 없이 커다란 맨드라미였다. 줄기는 500원짜리 동전 지름만 한 굵기였고, 키는 사람만 했다. 사람이 함께 찍은 사진이 아니었다면 믿지 못했을 것이다. 신기해서 반사적으로 어디인지 물었고, 동네 이름을 들었다. 그런데 놀랍게도 친구가 보낸 맨드라미 사진에 위치 정보가 있었다. 구글 어스로 찾아봤더니 아쉽게도 구글에서 사진을 기록할 당시에는 맨드라미가 없었던 모양인지 전봇대만 덩그러니 보였다. 궁금증이 일어 그간 찍었던 휴대폰 속 사진을 열어보았다. 도시의 풀에는 지리산의 나무와 달리 각각 주소가 있었다. 지리산의 나무가 모두 같은 주소로 묶이는 대가족 같은 것이라면, 도시의 풀에는 내 자취방처럼 조금은 허전하고 외롭지만 저마다 주소가 있다. 느긋하게 걷던 날에도, 길을 찾아 헤맬 때도, 무리와 함께 움직일 때도 나를 어김없이 멈추게 한 친밀한 초록 친구들을 도시에 사는 사람들에게 소개하고 싶어 책에 실린 사진에 주소를 함께 적었다.

6년여 간의 기록과 수천 장의 사진을 분류하고, 거둬내고, 내 걸음의 흔적을 답사하듯 초록들을 함께 보며, 지극히 사적인 일이 누군가에겐 힘이 될 수 있다고 격려해 준 편집자에게 고마움을 전한다. 모든 일이 그렇듯 책을 만들면서 시간과 장면을 묶기 위해 여러 사람의 품이 필요하다는 사실을 깨달은 것도 성과다. 여전히 밤새 쓴 편지를 보내는 느낌이긴 하다.

Index

친밀한 초록

초판 1쇄 발행 2023년 9월 26일

글 그림 수소

펴낸곳 브.레드
책임편집 이나래
교정교열 오미경
디자인 성홍연
마케팅 김태정
인쇄 도담프린팅

출판 신고 2017년 6월 8일 제2017-000113호
주소 서울시 중구 퇴계로 41길 39 703호
전화 02 6242 9516
팩스 02 6280 9517
이메일 breadbook.info@gmail.com

ISBN 979-11-90920-37-7 13810
값 23,000원